梦着的蝴蝶

黄薇 著

文汇出版社

图书在版编目(CIP)数据

梦着的蝴蝶 / 黄薇著. —上海:文汇出版社,
2022.9

ISBN 978-7-5496-3877-2

Ⅰ.①梦… Ⅱ.①黄… Ⅲ.①散文集-中国-当代
Ⅳ.①I267

中国版本图书馆 CIP 数据核字(2022)第 160065 号

梦着的蝴蝶

著　　者 / 黄　薇
责任编辑 / 熊　勇
装帧设计 / 书香力扬

出版发行 / 文匯出版社
　　　　　上海市威海路 755 号
　　　　　(邮政编码 200041)
经　　销 / 全国新华书店
印刷装订 / 成都兴怡包装装潢有限公司
版　　次 / 2022 年 9 月第 1 版
印　　次 / 2023 年 1 月第 1 次印刷
开　　本 / 880×1230　1/32
字　　数 / 180 千
印　　张 / 7.5

ISBN 978-7-5496-3877-2
定　　价 / 58.00 元

此情可待成追忆

——序《梦着的蝴蝶》

李 平

有机会为羽童的散文集作序，于我是一件十分愉快的事情，这种发自心灵的快意，源于她笔走龙蛇时所呈现出的语言的酣畅与瑰丽，源于她文思泉涌间所描绘出的诗意的绚烂和神秘。

初识羽童，是在两年前那个索玛花泛滥南高原的季节，在攀枝花市首届"索玛花节"诗文大赛评选活动中，我有幸叨陪末座于张新泉、靳小静等名家组成的评委之列，一篇名为《行走格萨拉》的散文如高原耀眼的阳光令人无法忽视。这篇作品以格萨拉的盛大花事为背景，汪洋恣意地铺陈出红霞万顷的"大地盛宴"。这次诗意的行走，作者感受到的不仅是"春天滚滚而来"，还有在这"最庞大的季节"里那场"绝望的花开花谢"。高原的花叫索玛花，高原的女子叫索玛。花事耶？人事耶？这样的行走是一瞬，这样的体验是一生！

其实，人生何尝不是一次行走呢？从少年到白头，从故乡到他乡，从春天到秋天……"悲落叶于劲秋，喜柔条于芳春。"因为行走，人生才有那么多的因果轮回，人世才有那么多的离情别绪。我敢说，"行走"自古以来就是中国文学写作的一个母题。"夸父追日"与《诗经》中的"昔我往矣，杨柳依依。今我来思，雨雪霏霏"，不正是最早的"行走"吗？孔夫子"逝者如斯，不舍昼夜"，只是为"行走"，抹上一层哲学的色彩而已。

"行走"的影子如挥之不去的梦魇，弥漫在羽童的作品中，在这本名为《梦着的蝴蝶》的集子里，她记录的那些心灵的悸动、青春的伤感、人生的感悟，既是"行走"时的顾影自怜，又是"行走"时的回望和前瞻，羽童的"行走"往往都有一个美好的开局，她要寻找的似乎总是那些生命中真正值得我们珍视而又不能完全确定的东西，它像雾又像风，像虹又像梦，凄清又迷离，美好而朦胧。如果我没有猜错的话，我敢说羽童之所以取名羽童，是希望自己能幻化出一双蝴蝶的翅膀，翩跹于"行走"的旅途去探看人生的深度。

朱光潜先生在《美学》一书中记述，欧洲阿尔卑斯山上的游客告示牌上写着这样的文字：慢慢走，欣赏啊！

"此情可待成追忆，只是当时已惘然。"在一条林木葱茏的山径上，羽童正袅袅婷婷地"行走"着，她在欣赏美丽山景，她在感怀悲喜人生。

让我们和她一起上路吧，

为凝眸人生的风姿，

为回望人生的风景！

目录

CONTENTS

第三辑 山水裂谷

第一辑

梦着的蝴蝶

梦着的蝴蝶
飞鸟和鱼
雪域的馈赠
诗意跋涉——走过腾越大地
今夜，像月光一样打开
雪落无声
遥望故乡
我是我从未遇到的人
他们
从安宁河到金沙江
湘西，湘西
我的地理

羽童的钢笔画

梦着的蝴蝶

一

打开尘封已久的笔记，一双蝴蝶的翅膀安静地枕着依稀的往事。

在黑与白的世界里，你聆听过些什么呢？是什么样的手指沾满了花粉，诱惑你远离了阳光的主题和泥土的芳醇？蝴蝶呀，你的背后山色浓重，一滴泪珠穿不透你纷飞而舞的来路。

二

你的翅膀已经干枯，你的血液以爱恋的名义写满了她的夜晚。你亘古以来就和爱情有关，在爱的情节里，总有一个人在飞翔。

这一刻，你梦着了吗？梦着的蝴蝶，你也在飞翔，在飞翔中，你与她一见如故。

一个发梢别着浅蓝色乌豆花的女孩儿。

一个名字和她的目光一样浅色而忧伤地淡泊着的女人。

三

在爱中，你是多么完美啊！蝴蝶，你是炽烈，是忠诚，是执着，是坚守，是自由，是绝处逢生的奇迹。啊，你这惊世骇俗的舞者！

——情在身就在。你说。

——身在情就在。她状如蝴蝶，在干燥的空气中，凛然抖落着温柔的梦想。以最初的风，以最强大的柔情冲决了空间的阻隔和时间的堤防。

四

潋滟的翅膀，打开一次就已足够，仅仅一次，就足以燃亮最纯粹的黑夜和躲藏在暗夜中宿命的花朵。

五

而白昼还真爱以苍白，寒冷还抚慰以无望。在爱中，她大悲，抑或狂欢。

她飞翔，上升抑或坠落。

她无言，爱也无言。

蝴蝶在飞翔，朝着那隐于命运深处的理想。

六

　　无论以千万种方式结局，蝴蝶，你翅翼的情节，从来都是以一个故事来开始。

　　然后，荻花飞扬，晚来风急，呦呦鹿鸣，在水之洲。

　　一滴泪，正从无法确定的方向滑落，测试着命运的深度。

　　而一只蝴蝶睡着了。

　　梦着的蝴蝶。

飞鸟和鱼

一

你从哪里来，我的飞鸟？绝美的弧线横过我头顶的天空，却无视我高贵的感觉。

我的水域是你必经的路口吗？你就那么翩然而至。你目光如炬，似一张强大的网，让我无处躲藏，无法逃避，我的灵魂为你所摄。那一刻，我是你千娇百媚的囚徒。

猝不及防的美丽，了无遗憾。

二

是什么，让你毫不设防，让你如此信任，让你在千万次骄傲地飞翔后栖息在我的水域，甚至我的肩头。

只因为，我是一只忧伤的鱼吗？

目光与目光缠绕，时空与时空交错。

飞鸟和鱼，一场开始就制造了悬念的眷与恋。

三

你惊鸿一现，深情地一瞥，是我致命的创伤。在你顾影自怜的时候，一滴泪珠已穿过未来，将我的命运击碎。

四

睡不着的夜，醒不来的早晨。
天与海，海与天。

五

不必用满江满河的柔情去拽回你高傲的飞翔。在你快乐的时候，你可以忘掉我。在你失意的时候，我知道，你怎么可以丢下我，我是你今生今世的鱼啊！

六

我肌肤光滑，如玫瑰的花瓣；我长发飞舞，如柔曼的矢车菊；我眼睛晶莹，是碧波深处的水域。

七

语言已还原给世界，只剩下两个字。

八

飞鸟，海天一色的路途真的那么遥远吗？

雪域的馈赠

扎西兄弟，土地就是你放大的家园

——在塔公草原欢度甘孜州庆五十周年，与扎西央宗相识在一藏民家里

头上缠着一方红头帕，耳朵上挂着叮当作响的彩色石头，穿耳环的耳朵眼有小手指那么粗吗？你说，这就是你节日的盛装了。

额头上曾经的风雷，舒缓成美妙的五线谱。扎西，照片上你的笑容是这样纯净，像河谷里自由飘荡的风，像草地上宁静的阳光。

如今，欢聚的盛会结束了，耍坝子的人们走散了，马背上的歌声飘散在远方的山梁。扎西央宗，归家的路是那样遥远，你的骏马停留在哪一朵云下面？

你说，这是你平生第一次照相呢，你真想，真想看一看照片上的模样。

康巴汉子哟，草原上的牧羊人，在远方，一座疯长水泥的森林里，一封早已缄封的信该怎样邮递？

啊，牧歌没有家，牧歌在永远的归途。

扎西兄弟哟，无边的土地可是你放大的家园？

在折多山口

汽车爬上了海拔 4298 米的折多山口。微雨中的石碑、佛塔和随风翻飞的经幡、哈达在明白无误地告诉你，你已经来到了康藏高原的关口。

空气中凛冽着寒意，证实着你所在的高度，你忘情地呼吸，轻微的头疼和缺氧，不但没有难受的感觉，反而使人兴奋。你兴奋，只有雪域高原才能给你这样的馈赠，你已经在真实地靠近你心中圣洁的图腾。

站在一种高度仰视另一种高度，折多山口，瞬间寂静。群山在群山之巅逶迤起伏，刀削斧劈般的山脊线是康巴汉子彪悍、粗犷的铮铮铁骨，又是一群疾蹄狂奔的紫褐色的野马在一刹那间动感的凝固。在这悸动着的狂飙上面托举着的是纤尘无染的纯白，绝尘的美丽，不是拒人千里之外的冷厉的寒光，而是柔情似水的娇羞，矜持中的端庄，宁静中蓄势待发的激情奔腾。

这就是我神往已久的神山吗？循着一首歌的余韵寻找你，我的王，我的乞力马扎罗。除了太阳，还有什么比你更崇高；除了月亮，还有什么比你更圣洁？

当我与你对视的那一瞬间，我就明白了，你，早已起伏在我的血脉中。

诗意跋涉

——走过腾越大地

玉出腾越

想念"腾越州"，想念一块水汪汪碧沁沁的极边之城。想念她颈上的一块寄托。想念她腕上的一弯柔情。想念她指上的一粒忧伤。一块叫作玉的石头，该是东方美人瘦的腰，细的颈，高绾的头发，飘飞的霓裳？歌唱的美玉啊，哭泣的石头，你却在俗尘中挣扎，又把谁的灵魂照亮？最终你又带走了谁生命最终的脉息，萍漂四方？

我看见陈子昂《感遇》中那双美丽的翡翠鸟。红羽为翡，绿羽为翠，雌雄比翼，共筑爱巢。天底下还有什么样的鸟儿如此艳丽又如此痴情？陈子昂前不见古人，后不见来者，念天地之悠悠，独怆然而涕下——陈子昂走了，拖一声深长而恐惧的叹息，在夏天最后一朵玫瑰凋零的时候，翡翠鸟也飞走了吧？那离去的身影，该有怎样的裂帛撼心之美！

哦，翡翠，东方古典的鸟儿，神秘的圣石。你的"水"是意念中的水，你的"色"没有比喻，只有暗示。不管你是鸟儿还是石头，在与你相遇的时候该有怎样复杂而调和的心境。否则，一个女人怎能因为你而将一生拴住？而那些燕赵名士，更因你而慷慨悲歌。在你温润的外表下阅读你的命运——你便是一滴水，照见了翡翠中的人心和人心中的翡翠！

玉之所以美，恐怕是出世所经历的凶险历程。所以便有卞和氏被刖两脚的血腥，而蔺相如舍生取义的悲壮，才使宝石在政治舞台上价值连城。

我看见那些曾经充塞道路的运玉马帮，雄商大贾如云的百宝街，磨玉声声的手工作坊，让玉失去了与民间对话与泥土的亲近，一只只凄美的翠鸟，无言地掠过青山丽水，消失在王谢堂前。

我还看见，一条泥泞的西逃之路，让那绝唱般的翡翠们在轰隆隆的炮声中，刺刀的寒光里，像一滴滴亡国之泪，跌进了圆明园的烈焰中……

"玉出腾越"，不仅仅是一个方位的指向，而是一个翡翠王朝兴衰荣辱的指证。蓦然回首间，灯火阑珊处，隐现着那样多的大悲大喜、大哀大痛。一场战争，一块土地，一段割舍不掉的家国情怀，注定了玉与这块土地一道在一次次沉落、一次次突围后换来的是永生永世的寻寻觅觅。

涅槃之地

向西，翻过一座山，再翻过一座山，追随着一条河流，我不知道这是离你近了还是离你远了。一路上，我接受着阳光的宠爱，这遍野的阳光，它是否能证明火焰的味道？

远方是一群雄性的山。有民谣为证：好个腾越州，十山九无头。难道生命曾经的绝望或满足，因壮美的喷发而惊世骇俗？光焰和力量，一定照亮过亚细亚的天空，照亮过印度洋的海水，照亮过旅人疲惫的双眼和苍凉的心灵。

呀，一团火的欢乐，难道在它一次次地喷洒，既脚踏实地，又焰冲蓝天？

生命消失。生命灿烂。一群"空山"。

烟雾消散时——灾难的伤口披一身雨露，沉默着、温暖着，把肥美的土地、江河湖泊奉献给大山的子民，自然和生命才繁衍得如此热烈、如此智慧。

于是，就有疯长的鸢尾欲歌欲舞，就有轻盈的鹭影翔入梦境，就有冷凝的月光润泽湖泊，就有淋漓的情愫被苦难磨亮。

于是，这块土地上便有渔歌晚唱，戴月锄荷，于是这块土地便要带着被水濯洗浸染的气质，衍生出清越骨奇的人文气息，于是，它便要沉积着勃动的火山的内蕴，喷薄出伟大的哲理光焰和热忱的家国情怀……从遥望中醒来，松树的花朵，昆虫的触须，鸥鸟的翅膀，耕牛的蹄印，露珠一样划过我的眼角——火呀，我曾把你的色彩假想成不同的味道，它们混合在一起，却殊途同归。

哦，接受春天的反复修改，火山正由一个令人生畏的词向一首诗靠近。

今夜，像月光一样打开

（在裂谷等来第十三个有雨的中秋。窗外，雨正潇潇）

今夜无月。像无数个此去的经年。

在裂谷的崇山峻岭中，在西凉山九十九朵流云下，在狭长蜿蜒的金沙水边，一只小兽，听到了柴门的洞开，听到鸟从一根枝丫飞向另一根枝丫。

小兽在水边伫立，像月光一样打开自己。

让一个圆圆的符号，让乍泻的一江清辉，让华美的唐诗宋词，让清丽的洞箫笙歌，在宽大无边的天空下，完整而从容。

打开自己，打开心中的月光。可以倾听，可以仰望，还可以飞翔。于是希冀便有了高度，情绪便有了张力，遥想便有了速度。让走投无路的爱从城市的楼群中翔回故园。在梨树下、在竹林中、在田埂上、在炊烟中探取远逝的清纯和真诚。让轻缓的手势抚平父亲额头的皱纹、母亲眼里的忧伤，皱纹里曾经的威严便有了亲切的硬度，母亲摇篮曲的片段便有了茂盛的弹性。

打开自己，回到月光湮没的道路。那片大水会漫上高地，那片花朵会奔跑在原野上，那场燃烧会找到幸福的灰烬。

打开自己，月光会照亮所有的水。斑驳随月而舞的树和山，熨平心中的风暴和躁动。

打开自己，河流闪烁着温情的体温。把图案、花朵、梦中的蝴蝶、遥远的赴汤蹈火推到岸边，把星光、月色和清香、飘落的雪、飞鸟和鱼送得很远。

像月光一样打开自己。纵然今夜无月。

月光不会变旧。我们的心地老天荒。

2006 年中秋

雪落无声

一

雪。一生中最挚爱的一个词。今夜，当我从口中将它轻轻念出声的时候，它便在遥远的你的领地上空悄悄地降落了。

雪。漫天飞舞的雪。是你走后的冬夜里不期而至的一场感人至深的美丽盛宴。一场最干净、最透明、最柔软的风暴！

雪啊，当第一片雪花抵达你的夜色的时候，你会不会视而不见？

二

雪。天空中游动的一群白鱼。在梦境和现实的岸边不停地迁徙。河流渐渐远去。

你转身的时候，我知道我们的相逢就是为了永别。

你离去的时候，我体内的时光之河变得遥远而透明。

三

我的眼睛不属于我。它来自有月光的世界。在忧伤之外的波光中，泊着一个湖泊。

我的思想也不属于我。它已随着一个词语扑向一场看不见的火。

四

雪沉沉地下，完成了一次飞翔中的燃烧。在我想你的日子里，飘雪是我向你写下的无法传递的诗章。

遥望故乡

故乡已远。回首来路，夜色正苍茫。在路上的人，就算独自赶着路，沿途的灯盏已经熄灭，头顶仍然有星光相伴。今夜，我就站在星空和大地之间，用深藏在岩石中的语言，用风吹草动般起伏的思绪默默地望你！

那块土地，我没有在那里出生，却在那里成长。当我打马离开她的时候，便成了我的故乡。

我已记不清我是从哪条路出发远走他乡的。

是从那个映着我童年的倒影，激起我最初诗意想象的井台边湿淋淋地走了，却再也没有回来过？母亲用目光编织成了一张网，却网不住少年蹒跚的脚步。我对母亲说过些什么呢？

我沐了风，我淋了雨，可我却没有回来。而母亲用白发点燃的灯火却一直照亮到天的尽头。

那么，我是从锦屏山下一所乡村中学的土屋出发的？从一场雪的开始出发的？我在等待雁羽卡的第一片雪降落的时候将青涩的初恋打湿。

战栗的耳坠子在无言地狂欢。

一个纯洁的词语却哽在青春的发音部位寻找突围。谁在阻止一场雪花的飞翔？

我黯然转身而去。

石头垒起的锅灶上还煮着香喷喷的糊糊。

被一只土罐收藏的狗尾巴草不安地支着毛茸茸的头颅。

去的路和来的时候一样道路泥泞。我听见隔山隔水传来了明明灭灭的歌子："妹妹哎，如今我悔不该将你嫁得那样远……"

扯肝扯肺的歌子唱的其实是永别。

那么，我为什么要别你而去呢？当我停留在裂谷上空的一朵云下面望你的时候，被记忆扎了一下，又扎了一下，每一处被扎过的地方，都流出了真实的忏悔的血。

我是我从未遇到的人

　　她独自一个人在寒崖上行走。风已使高原的岩石变形。她要去她该去的地方？孤独使她另辟蹊径？

　　在此之前，她可能被囚在一只巨大的钟里。在我们不太知晓的色调带来的一缕夜色里，覆盖着她日常的琐碎和荒凉。

　　风有时候在这里停留，盘旋出岁月一部分形象。雨也来捉迷藏，打湿了她闲置在窗前洁白的纸张。只有月光可以击落五月的花瓣，沉沉地压迫她，分解她的睡眠。

　　一只巨大的钟，至少，可以将一个女人的一生埋葬。

　　她醒来。

　　但直觉告诉我，她并没有走远。而且可能就在我的身边。或者我们中间。只不过戴起了另外一副面具出现。

　　风曾吹起过她的棉布裙，吹扬起她的黄手绢。

　　如今，风一样地吹她。但不一样的是，穿过裙子的风，是秋天的风。

　　她隐藏着伤口。所以我至今都未认出她来。

2005 年 4 月 13 日

他 们

绝命书

——给林觉民

夜黑如墨。黑夜裹着的世界此时需要一道闪电。

一灯如豆。时间在燃烧。一个人，一张书桌，一支笔。那个人饱蘸墨浓，挥笔写下《秉父书》："父亲大人，儿死矣……然大有补于全国同胞也。大罪乞恕之。"写罢此人搁笔仰天长叹。

白发人送黑发人，这一回心碎的却是黑发人，自古忠孝难两全！

一块土地有了伤口和血痕，就必然有侠客带剑江湖。豪气干云，一诺千金。一剑封喉，血溅五步。真正的大侠要独来独往，身后不能跟着女人，尤其是至爱的女人。

一灯如豆，时间在燃烧。一方洁白的手帕，1300 多字，娟秀小楷一丝不苟。至此，这封信独步天下，不同凡响，令所有的情书黯然失色："意映卿卿如晤，吾今以此书与汝永别矣！"这句话落在手帕上的时候，他一定心酸难抑，不负天下，但负了一人。孤灯摇曳，一声哽咽，两颊有泪如珠。英雄手中的长剑，一手格杀敌手，一手毅然挥断自己的情丝——"吾至爱汝，即此爱汝一念，使吾勇于就死也……吾爱汝之心，助天下人爱其所爱，所以敢先汝而死，不顾汝也……"

世间男欢女爱的故事，向来只是用墨水写在纸上，可是今夜北风呼啸，寒彻肌肤。这样的故事便只能用血来写，而且写在风上。

一纸留书，与"意映卿卿"鸳盟永隔。这人生的断后文字，呕出来的却是一腔热血。

他就义。一地如雪清辉，耳边箫声欲碎。

天高地阔写华章，舍我其谁？

烈士一死清朝亡。一封石破天惊、荡气回肠的绝命书，浩气四塞，将一场革命引发的波澜，变得宽阔雄奇，不可遏抑！

留白的墓碑
——给陈独秀

江津，长江边的危崖，成了他的客死之地，也是他的必死之地。

夜色苍茫。纵有千万条道路，他只选择一条。这注定了他必须困守在鹤山坪这个孤绝之地。或许那不是通向危崖，或许那才是苍鹰的道路？

夜色。最终将他湮没！大河远去。隐隐的伤痛。

那个内心深埋雷声的人。那个挟持闪电穿越暗夜的人。那个灵魂遍布伤口的人。

他死了，他再也不能呐喊。但是，被他掀起飓风惊醒过来的中国竟然感觉不到他的死。

身无分文。一方墓地，赖乡人所捐。一朵白花，两条素绸，帮他泅渡灵魂。这个鼓吹民主和科学的先驱静静地躺在大地上！

迁葬、埋没、修葺和重建，一个喧嚣的时代在他的墓地上一次次地降落。他不断地被惊醒、吵醒，弄醒。一个杰出思想者的灵魂注定得不到安宁。

墓已接近一个天文台的形象——奢华、浮躁、酸气，与他清贫、孤寂、悲怆的一生和品质相去何其远。物质的等级真的可以与精神境界相对称？

大地上一块大理石墓碑上字数寥寥：陈独秀先生之墓。

墓碑大面积留白。

那大块的留白可是留给历史、大地和未来？

2008 年 4 月

从安宁河到金沙江

童年，我生长在一望无际的平原。平原就是我的摇篮。

为了与父亲相聚，我被送往西凉山一朵云下面的一条河流旁。我生命中的胎记，以及我还没有来得及看清的一些东西被一条河流永远地改变了。

我的身上拥有了关于那条河流的记忆：我吃大量的青稞还有荞麦。喝大碗的老鹰茶。在河边采黄色的打破碗花花，啃刺梨果和酸棘果。

它们，是独属于这条河的品种。

但我还是离开了那条河流，我汲饮着它的乳汁成长，却带着青春的不羁扭头离开了它。在我远离它之后，我才发现，我是如此地想念它冬天萧瑟的寒气，它周围的高山、低矮的瓦房、黑色的火塘。

每隔几年，我都要回到那里去，我再也见不到那些老去的人，以及童年的小伙伴。而那条河还在那儿，只是原来躺满石头的河堤，变成了一条时尚的可供散步休闲的水泥河岸。那些散落在田埂的打破碗花花、刺梨果和酸棘果，一粒都找不到了。

有些东西就那样永远地消失了。

但我还是一次又一次地回去，我不知道自己要去寻找什么。

如果我没记错，在我大概 11 岁的时候，一个落日的黄昏，我坐在河堤边，望着像谜一样弯曲的河流。突然间，我的心底隐隐地有一种感觉，一种既热烈又忧伤的感觉——它的尽头正被落日的余晖烧红。我想那里，应该是天空与河流相接的地方。

　　很多年后，当我站在一条叫作金沙江的河流旁又向更远方的另一条河流凝望的时候，我才明白，那种感觉应该是思念或是惆怅。

2008 年 3 月 22 日

湘西，湘西

一

　　湘西，生动在民歌和民俗里，闪烁在故事和传说的天空下，像千年的古船，停泊在我目力不可及的远方。

　　远方是一张巨大的宣纸铺展，大墨挥洒一条江的风流，是诗是散文又是小说，是潇洒的泼墨画惊世骇俗，是咿呀旋转的筒车、是漂浮在沱江的长长水草、是浴在晨光里的乌篷船、是喷香袭人的血糍粑和醇香满口的苞谷酒，是生长在陡峭山岩上的悬棺和矗立在江边的吊脚楼……这众多的元素中组成了你，你这唯一的一个。

　　湘西，自然得不需要任何修饰，满身浸润着大山的灵气。在任何一个季节，你都峰峦叠翠，静静地袒露着满眼的绿。你绿得那么啰唆，绿得那么重复，绿得像喝醉了酒，绿得让人想倒在你的怀里。《湘西酒歌》还没有开锣，我已经先醉三分。难怪你的别名叫"翠翠"，难怪你所有的吊脚楼都叫"叠翠楼"。

　　湘西，当我饮过苍凉，才发现我有许多的往事留在了这里。才发现，歌声已盛开在内心的原野，野火从废墟的石头上燃起。你春和景明清风徐来波澜不惊，等待远方的候鸟啄回一世浪花。

我在你的身边看见那些时间的流水，看见流水之中永恒开放的生命之花，我发现那里有我不明不暗的前生。它早已到达。

二

我与沅江，并肩而行。太阳雨里，静静地阅读一河的水草。阅读一个士兵没有战死沙场却以文字回到故乡的传奇，阅读一个老头一路唱回故乡的全部辛酸和含泪的幸福，阅读一些知名和不知名的人的命运在茶峒古码头静谧而又稳重地摊开，那些凌空的吊脚楼和发生在楼里楼外的悲欢离合铿锵温馨、跌宕起伏。

我安静地坐在河旁，注视着你，你的苍凉、质朴、平静和皎洁。我没有聆听到你洪亮的涛声，你是静谧的，我读到了你的一种表情、一种与生俱来的神性力量。今晚，唯有我，被你允许坐得这么近。这个晚上，我在河边放走了一世的河灯，它们时明时灭，像满天的星子。我不在乎灯亮还是灯暗，我不在乎它们到底在你的河床上漂了多远，不在乎那一时刻我对你说了些什么，你对我说了些什么，只在乎当我的目光停留给每一盏灯的时候，用掉了怎样的心事。

三

我是你沧桑的河岸上哪一个忧伤的传说？
我是你风雨吹打的鼓楼上哪一缕飘来的山歌？
我是你弯曲漫长的古石板路上哪一声纯朴的足音？
我是你哪一方泥土哪一根肋骨塑成的生死苦恋？

寻访古城的所有商铺，找不到一件时尚的外套来包裹情绪。穿上蓝底白花扎染的布衣你就是"翠翠"，穿上蓝底白花扎染的布衣你就是湘西的女子，你就是精卫。如果你怀揣爱情，你就不怕等待。或许你要等的那个人路远迢迢，或许你要等的那个人音信全无，或许你要守住的仅仅是一缕旧梦。这都不要紧，你会像湘西女子一样，敢于拿自己的生命与河流和时间抗衡，敢于用自己的柔情抵抗河流喧哗的咒语，敢于以潮湿的情感抵抗岁月的洪荒。

在凤凰我穿上了蓝底白花的扎染布衣，我要独自离开一会儿。可能是巷子里一段若隐若现的歌声，让我静静听下去；可能是虹桥上一个迷离的眼神让我陷入了往事的回忆；可能是田野上一条分岔的小路引我短暂迷失；也可能是听涛山上的那块墓地让我轻轻地走过去……

四

就这样爱上了寻常巷陌，城垣古道，十里花雨，锣鼓笙箫，台楼烟雨；就这样爱上了二月的踏青，三月的祭祖，五月的龙舟，七月的河灯，冬月的嫁歌；就这样爱上了一个蓝天干净的下午。余晖下我忘记了自己的前生后世，像婴儿，躲进一片清凉的梦境。

我的地理

西凉山

如果天空有九十九朵流云绕山不去，那云朵的下面一定就是西凉山。像一匹黑色的风暴，你只要披上彝人的查尔瓦，就可以放牧落山的太阳。

如果天空有一只鹰飞过，滴下三滴血，溅在阿米子的百褶裙上，那么将会有一个支格阿鲁①诞生。如果有一个父亲向左睡去②，一定是他正在回到富丽堂皇的石姆姆哈③。如果一个母亲向右睡去，那是因为她要用自己的左手，到神灵世界去纺线。

如果三百六十五天走不出一个村子，那一定不是荒诞不经的虚构，如果一只口弦睡在一个女人的心房边从美妙的少女到寂寞的老年，那一定是她把忧伤和欢乐都倾诉给了黑暗。

如果你喝一口酒，耳边就可以听到风的声响，听到云的欢唱。如果你再喝一口酒，就可以看见自由的天空和飞翔的翅膀，那一定不是你喝醉了，那是一只鹰死了，彝人用它的脚爪做成了酒杯。

如果一座山被风拂动，它鼓胀的胸脯就会流出苞谷子和荞麦花一样的奶香。如果女人们垂下古铜色的头颅，黄昏像睡着了一样。如果你一不小心踩响了夜晚的月琴，那你一辈子都别想走出羞答答的月亮。

如果愤怒的金沙江，劈头盖脸地抽打着索玛花烧红的大裂谷，那是奔向天空的野马，正在突破大地的屏障。如果男人们在山顶上拼命地抽着自家的烟叶，那是会赛马的汉子，血液正像火焰一样呼啸。他们曾把酒倒进布拖大坝子，灌醉了整个世界。

而更多的时候，西凉山的日常生活被劳动所填满，成为民族史诗的一部分，独立在地理学辞典的单元，沉浸在自己的章节中，千百年来未经修改和润色。

①支格阿鲁：彝人的创世英雄。

②彝人死后火葬前，男人的身体要向左侧，女人的身体要向右侧。

③石姆姆哈：传说一个在地之上天之下的地方。彝人认为死者的亡灵，最终都要到那里去，过着悠然自得的生活。

迪 庆

高原在四月翻滚，如一只巨大的唐卡从天而降。

消失的地平线，是这只巨大唐卡灿烂的局部，它的弯度和走向，它的神秘的幽香，收藏在神祇流传的歌谣里，任时光之书主导神秘的幻术。

金字塔形紫红色的雪山，丢落在黄昏透明的湖泊，转经筒转动四周飞溅的阳光，交织成奇异的线条和色块。我分辨不出哪一脉是唐卡中的金线，哪一脉又是唐卡中的银线，而从大地深处生长出来的牦牛，游动的黑影仿佛是草甸上闪烁的词汇，正在预谋某种精确的比喻，暗示本体的到来。

　　鹰是高原阳光中的另一抹光线，就好比水中的水以及云中的云，它们同属于一个家族，却有着不同的相貌。我相信，如果可以站在鹰的视角，那些万花筒一样散碎和零乱的景物会突然消失，而一个磅礴的整体将会带着佛光猝不及防地显露真身。

　　于是，我把肉体和眼睛献给天上等待的鹰。我要让我的生命在鹰的体内游动和喘息。我将怀抱前世的村庄，在蓝月亮的峡谷和草甸中寻找天地万物在心中的投影。

2008 年 4 月

第二辑

落花的夜

羽童的钢笔画

在钢铁中生活

——献给我的青春

　　我是乘着一列火车靠近钢铁的。我要靠近的城市因钢铁的存在而存在。它在阳光中散发着木棉树一样雄性的味道，沉淀着钢铁的气息。还有，一个男人的味道。

　　我要乘坐的那辆火车从漫水湾出发，经过西昌、德昌、米易，然后到达我要去的城市。我常常从夜晚出发，在天亮到达。像周渔的火车。那时候还没有周渔，她飞扬的长发，她的瓷器，她爱上的那个诗人。这样的故事还没有发生，或许在那时已经发生，可是小说家还没有把它写出来。火车载着我的故事、我的生存方式、我的怀疑、我的沉默以及想要摆脱掉我工作的小镇的所有夜晚的寂寞，去找一个男人，一个即将娶我的男人。火车钻进山洞，前方一片黑暗。我看不见时间，他送给我的那只小小的漂亮的石英钟，被我揣进了风衣的兜里，在挤上火车的那一瞬间被一个小偷偷走了。他偷走了我的时间，从那以后，他送给我的所有的礼物，都未能幸免地不是丢失，就是不小心损坏。而我为他添置的衣物，不是不小心留下污渍，就是挂了一个令人惊怵的口子。这是时间当初犯下的错误。

一个人的火车很寂寞，坐久了，在没有厌倦之前，有没有点什么事情呢？周渔说，我只想发生点什么。那是被一个人的舞蹈所湮没。小镇在我的身后慢慢远去，但在之前，在坐上火车之前，的确发生过些什么。我是一个容易发生故事的人。一个前来检查工作的男人，检查完了，以各种理由拖着不走，并住在我的房间隔壁的一个单身男人的寝室。夜里，那个单身男人来敲门，说是有人找。我惊怵地看见白天那个五官端正、俊美、身形甚至还有些伟岸的男人坐在一堆啤酒瓶子中间，他的神情有些颓废，看到我，他似乎也没有振作些，只是对我说，今夜没有地方住。我愕然。他看着我的眼睛，问我，今夜我可以住在你的房间吗？我也看着他的眼睛，回答他：不可以。然后，我退出来，我把门从我身后掩上了。

第二天，那单身男人告诉我说，白天那个男人后来又喝了许多酒，然后，骑自行车走了。不过，骑了两步，掉进单位食堂门前的阴沟里。最后还是挣扎着走了。我对这个男人后来的事情，根本，完全没有兴趣，但是，单身男人告诉了我这件事情，使我有了一种复仇般的快意，也使我对那个单身男人有了一丝好感。

小镇只有阴沟，没有舞蹈。而火车很容易让人遗忘掉自己生活中的那些疼痛和挣扎，并将它们远远地丢在身后。我坐着火车走了。几年的时间内，发生了许多在我看来是惊天动地的事情。外表老实巴交一本正经的公司经理携小蜜卷巨款潜逃，这在20世纪90年代初的中国经常发生的故事，也在我们的生活中发生了。我曾经的单位被私人老板收购。那个经理曾经听过我的课，县总工会安排的，基本国情和基本路线。尽管他在许多时候是让我想起来感到猥琐的男人，但那时候在单位，他对我寄予了太多的希望，派我和副经理去外地考察，取经，工作先是办公室，后是财务科。可我还是走了。我后悔我没有给他上过太多的课，那时我每周有两次课，针对单位职工的，都在下午，我总是巴望着快点讲完，然后，提了塑料桶，和一帮年轻人一起去安宁河旁边的小河沟捉黄鳝，网鱼。

我身边的伙伴，一个叫钟兴的阳光般的小伙子，随后离开单位，买了辆车跑运输，最后翻车而亡，尸骨不全，剩下他的老母亲孤独地在人世间哭泣。还有一个叫作田伟杰的小伙子，少年老成，随后到过我所在的城市，留下过两桶油漆，是样品，后来再也没有来取回。多年后才得知，他摔了一跤，把脑子摔坏了。他没有察觉，随后脑出血死了。他们都很年轻，二十出头，还没有谈过对象，尚不知道爱情的滋味。

而我的一些年轻的女友，一个叫杨云的，在她刚做了母亲不久，就在机砖厂的厂房内弄丢了一条腿。一个叫周红艳的能唱会跳的姑娘，被她的男友抛弃，嫁给一个陌生人，承包了一个果园，育下两个儿子，然后离婚外出打工。

那个娶了我的男人在一家大型钢铁企业上班，很快，我也来到这家企业，成为一名工人。我穿着蓝色的工装，将长发绾进安全帽内，腰间系上皮带，皮带上吊着电工包，里面有电笔、大大小小的扳手，还有一双雪白的棉线手套。

每当我爬上窄窄的楼梯走进驾驶室，我的心便会"咚咚"狂跳，我用雪白的棉手套擦拭操作盘或驾驶室的玻璃，将它们擦得发亮，将手套擦得乌黑，借此掩饰我在空中俯瞰地面巨大的隆隆轰鸣着的庞然大物时的不安。三个操作盘同时在我手下运动，大车、小车以及被一根长长的钢绳拴住的钢丝在来来回回的高速运行之后准确地定定地稳在某个目标的上方，等待指吊工的各种指令，然后吊运。在空中，我们用磁铁吊将一截截钢坯从火车上装卸下来，然后看着操作工将它们一根根喂进加热炉，我们还可以看到钢坯是怎样经过加热炉变成了一根长长的火龙，然后，经过一组组的轧机，慢慢地变成了一圈圈细长的盘卷。

我要经过半年的学习，才可以出徒自己独立上岗操作。一日为师，终身为父。在工厂，师徒关系是一个永恒的不可打破的关系，只要你是工人，在车间组班干活，你就得经过学徒这一关。在这里，工种复杂得足以让你眼花缭乱。在这座工厂，我先后有过三个师父。我的第一位师父是一位年轻的吊车工，据说她的活干得非常漂亮，细腻、轻、准确、周到。他们说的是她的技术。我跟了她两个星期，她就到千山疗养去了。她走后，谁来带我，成了班组争议的话题。谁都争着带我，他们似乎在暗中比试着什么，结果是谁都没有正经地带我。

更衣室就在班组休息室的隔壁，每个人有一个用铁皮做成的铁柜子。里面用木板分成好几个隔断，最下面的那层放大头鞋和安全帽，中间的那层放工具，最上层放工作服和更换的衣物，还有洗澡的用具，通常都是用一只小塑料桶装着。洗发水、香皂、沐浴液等。我已习惯在别人面前裸露自己的身体，这是一个比较残酷的过程。在工厂的更衣室、公共的大澡堂，个人的身体已经没有什么秘密可言。

我的到来，据后来的人讲，曾引起过一阵小小的轰动。电工班的人说，我们车间来了一个漂亮的女孩儿。舆论惊动了部分女工，于是吊车班女工更衣间常常是人来人往，女工在下班的时候前来呼朋引伴，借机用挑剔严格的眼光将我的脸孔，还有几乎赤裸的身体上上下下来来回回地打量。有人一言不发地走了，也有的人临走前朝着我莫名其妙地丢下一句：我怎么没有觉得有多漂亮呢？

在更衣室，我常常看到我那位年轻的师父将吊车段胖胖的段长的工作鞋拎过来，放在自己的柜子前面，等有空的时候，就拎到外面的简易的水池旁边去洗，可能还有衣服。印象最深的就是那双绿色的男式军用胶鞋，还有她显得落落大方实际却并不大方的神色。这一切是那样暧昧、那样隐晦，像更衣间的电灯泡散发出来的幽暗的光辉，它在我心中投下了一道长长的影子。

胖胖的段长让年轻的师父交出手里做着的一些事情。比如核算工段各班的奖金、分发各种福利、给各班写各种各样的先进申报材料，做完这些事情，他总会当着全班的面请我吃饭，让我年轻的师父去食堂选菜，张罗着一切。但他看我的眼神并没有什么特别，总是眯缝着一双笑眼。

天气很快地转凉了，接着就有冬天的气息，在这个城市，冬天和春天交替得很快，你还没有感受到冷气，春天就如约而至了，我也学徒期满，可以独立上岗操作了。

这天是大年三十，我上中班。这是我在工厂度过的第一个春节。工友告诉我，要连着四年上四个这样的中班，才可以调过来，才可以在家里吃上年夜饭。那天我们在休息室内就餐，用工厂发给的餐券换回一大堆食物。有卤猪肉、猪手、猪排、猪肚和其他各种炒肉。胖胖的段长也来了，大家喜气洋洋，室内一派祥和，远处传来清晰或不清晰的鞭炮声。那天不上车的人破格喝了一些酒，我也喝了一些，我感觉我的脸很烫，当我感觉我脸很烫的时候，我的脸一定是红扑扑的。酒正酣处，胖段长看着我突然说：我跟你说个事。说着就起身向外走去。我跟着他走出去，跟着他走进了隔壁的女更衣室。此时，女更衣室内空无一人，门是大敞开的，他走到一堵衣柜边站着，脸上的表情很严肃，又有些心神不宁。我面对着他，期待着他将要对我说些什么，结果他就说，从明天起，你不用上车了！他的这句话一说完，我的大脑就一片空白。半晌，我听见我在说：我知道我的车还开得不够好，我知道昨天我的钩头老是没有到位，咳……地面的光线太强了，他用的吊线太细了……我又戴着眼镜，车上的玻璃晃着，看不太清楚……那个地面工朝我伸出了一根手指头，可我并没有下去跟他吵，我已经气哭了……是陈霞下去骂了他，说，以后你女儿来顶班，说不定就干咱们这样的活，我叫你牛……与其说我在那儿申辩，不如说我情不自禁地向他诉苦。我还在申辩的当口，他一把将我圈住，然后，在我红扑扑的脸上狠狠地亲了两大口。说，你真傻！然后就若无其事地走出去了。

第二天我没有上车，我躲着师父，不敢看她，找了一个地方待了一整天。我想，我不开车了，那我能做什么呢？我能像我的师父那样给胖段长洗解放鞋吗？想好了以后，就去找胖段长，我告诉他说，我不喜欢待在地面，我要上车。胖段长没有说话，眯缝着眼睛，他的笑容有些冷。我赶紧跑到车上，换下我的工友，并对我的工友说，今天我要一直干到下班，你不用来换我。那天在天车上，远远地我看见，胖段长骑着摩托车走了，后面坐着年轻的师父。许多年以后，我读到了李铁的《工厂上空的雪》，我觉得那样的一场雪在我的头顶曾经那么忧伤地飘过。

我们向单位借了一间堆放设备的库房安置我们的小家。那里白天有人上班，到下班的时候，我们就用一把硕大的铁锁将大铁门锁上，将我们自己锁在库房里。偶尔可以听到一对迟走的偷欢的男女离开后的锁门声。这个房间离建筑的堡坎很近，终日没有一线阳光可以照进来，进房间必须点亮日光灯。日光灯下，我养了一盆水仙花，这是房间里除了我们之外唯一有生气的东西。数一数，八个花箭，花箭和叶子像蒜苗一样疯长，却开不出一朵花。房间的隔壁是公共厕所，外边是过道，堆放着横七竖八的备件和各种各样的木头箱子以及它们投在过道中的阴影。夜晚，安静得可以听到金沙江的流水声，更多的时候是听到火车从我们居住的地下穿过。火车带着巨大的轰鸣声从远方驶来，穿过我的身体又向远方驶去。火车的喘息声一次次地载着我对庞大的未来和遥远的事物的渴望奔向远方，远方却以无情的现实将梦迅速粉碎，我看到我的生命正从列车的轰鸣声中一点点地消失。每当夜晚来临准备接下一个夜班的时候，我都会先坐在家里简陋的床上哭泣上一阵子，发上一阵子的呆，然后抹干泪水走出门去。

对未来、前途、命运的恐惧绝不比一吊盘卷的重量轻。

从库房到厂房，需要 10 分钟的路程。道路七转八拐，如果走捷径，那么都是些坡坡坎坎，拾级而上的梯子随处可见。再走一截路，又可以转到公路上。这一带是城市和乡村的接合部，厂房的周围是一个小小的居民区，这是当初先建设，后生活的结果。公路的右边拐一个弯，就是居民楼，白天的时候，有周围的农民和外边的菜贩会背了菜到楼下来卖，于是就形成了一个小小的菜市场，傍晚的时候又各自散去。除了上班，我走得最远的地方就是这个菜市场。我知道要到外面热闹的街市上去需要坐很久的车，而且这车是一天只有两班。得在上午10点钟的时候和下午2点钟的时候按时赶车回来。否则就只好坐10元钱的摩托车回家。我不能上街，我知道除了买菜外，我每个月的工资一分钱都不能乱花，我们需要一台电冰箱。没有它，我们几乎买不了鲜肉，鲜肉在这里是一大块一大块卖的，少了人家不卖，怎么央求都不行。要是称上一块至少得十多斤。

顺着公路一直走，就可以走到我劳作的厂房。这时候已是夜晚11点多，远处蓝色的、青白色的光，让我备觉孤独，让我对将要去的地方充满了某种戏剧性却又包含着某种宿命的凄凉。深夜的风凉飕飕的，夹杂着铁锈和煤尘甜腥的味道和路旁某种树叶和青草的芳香，从我单薄的衣服下面穿过。远在昭觉师范学校教书的女友给我写信，问我：你过得好吗？我想，我的生活就是从厂房到家，从家到厂房这短短10分钟的路程，生活中没有意外的惊喜，像一潭死水难以激起一丝波纹。不绝于耳的只有胖段长时不时让我下岗的声音。那几年的时光里，我的心田干涸了，我甚至没有写出过一个字来。我只会写信，而且写得是那样潦草，我该怎样对她说呢？我说：我的生活一年就是一天！她给我回信，那是一个十分寒冷的地方，在那里，汉族人极少。只记得她来信说：耍了一个男朋友，但那个人却算计着她的家底，算计着她爸爸妈妈的钱。之后，我们再也没有通信。大概我们知道我们彼此无法拯救，遍体哀凉。

直到七年以后，我才搬到城市的另外的一个地方，在稍长的距离内做往复运动。我相信米兰·昆德拉的那句话：生活总在别处。我从一个城市来到另外一个城市，生活并没有发生实质性的改变。

在天车上，我就是这个日夜运转不舍昼夜的庞大的工厂的一个小小的零部件。我就像一枚小小的螺丝一样，沉入钢铁这巨大的黑暗中，它带着我疯狂地运转，我则在它刺耳的轰鸣声中与它冷酷地对视。它一如既往地用各种不同的声响给我死寂般的藐视。后来，我不再去躲它了，和钢铁相比，我很软弱，力量很小。对于它，我好像无能为力，我想到了某些类似命运的东西。

有一天临近中午的时候，我在天车上看见，几乎封闭的厂房屋顶有一道裂开的缝隙，一缕阳光透进来，照射在那些沉默、冷酷的钢铁上。我看着那缕阳光，照射在钢铁的身上，像是把钢铁割开了一道鲜红的伤口。那缕微茫的光亮，开始偏移，越来越靠近我，然后，它开始照射着我的脸和身。我想，我其实还很年轻，青春一定会本能地散发出色彩，正如这缕阳光一样，稍微一点缝隙，它会坦然地投射进封闭的厂房，散发出本能的光亮。

当那线阳光第二次照在我脸上的时候，我下车去找个子高高的瘦削的车间主任。我跟他说，我要调离天车岗位了，你放我走吧！我期待着他将我留下，然后，给我换一个其他的工种，随便什么工种都行，只要不再开天车。我想他是可以的，他经常把我借调到车间帮忙，写材料，写宣传稿，还有各种标语。他还让我帮他抄写过五封写给中央领导的信。内容都是一样的，大概意思是说，他家门口种了一些果树，还有葡萄架，但居委会却要求砍掉，他说，像他这种情况的人家简直太多了。我誊写得非常工整，字迹也前所未有地漂亮。只是在抄写的过程中想，他怎么把这些信交给中央领导呢？那个娶了我的爱人看我抄这样的信，就说：你这是在做傻事！他为什么叫你抄他自己不抄呢？他为什么不叫别人抄去？是啊，他为什么不自己抄呢？他为什么不叫别人抄去？他信任我吗？

车间主任问我，为什么要走？我说，眼睛看不见，戴了眼镜也看不见。他一遍又一遍地摸他的大背头，在办公室内踱着步，然后下决心说：真舍不得你走，可惜了啊。不过，我这里的确没有什么地方适合你，你还是走吧！他在我的调令上写了两个字：同意。

不管好坏，你愿不愿意，生活还在继续。

我从空中回到地面，没有转身的时间，就一下子沉到地底下，成为一名油泵工。

像大多数工厂一样，我所在工厂大面积的供油系统是在地底下。我从垫满破布、麻袋、草垫的铁梯走下去，像一只四季都需要冬眠的鼹鼠，远离阳光、流动的空气、植物的味道，还有人声的喧嚣。事实上，在近似封闭的厂房里，你似乎永远都听不到人的声音，人的声音像水蒸气，一旦从嘴里飘出来，很快就会被机器没收，刮走，像黑暗吸走了一滴墨，像一阵狂风卷走了一粒沙。在空中，你只看得见手势，听得到哨声，天车每制动一下，重物或危险物从设备和人的头顶穿过，尖锐的笛声被我一路拉响，让底下看得见和看不见的安全帽在安全处尽快隐蔽。

在空中倾听钢铁的声音，可以让听觉抵达钢铁的每一条纹路，抵达产生力量的支点在什么地方，同时又像没有抵达。空中传来回声，像不断在隐藏什么，被隐蔽的部分总是让人着迷。这种若即若离的声音，它会使倾听走向不可接近的状态，仿佛后面还有着一个神奇的空间，一个没有疆界的空间。钢铁的声音可以无限扩大，也可以无限缩小，但我更想借助那个神奇的空间，继续行走。

地下空间狭小、拥挤，有一间工作室，有两只硕大的油箱，密布着大大小小错综复杂的供油管道、阀门、电机、油泵。它们发出各种各样令人不安的刺耳的颤声。头顶的红钢像火龙，一只接着一只窜动，裹挟着轧机铿锵的风鸣雷击，"轰轰轰轰……"低沉而雄浑的怒吼无休无止，似一列没有起点也没有终点的火车。

博尔赫斯让虚弱不堪的胡安·达尔曼拾起匕首去迎接战斗，也就是迎接不可逆转的死亡的时候，他获得了现实的宽广。他用他一贯的语气说道：如果说，达尔曼没有了希望，那么，他也没有了恐惧。

我用一天的时间学会了几年时间内操练着的生存技能，掌握了冷却、介质等毫无发挥的理论知识，并在随后可笑地在比赛中轻松地获得了本岗位的技术能手荣誉。

我的师父是个北方人，善良、朴实、敦厚，她具有所有中国妇女的一切美德。在她十几年的工人生涯中，我是她膝下唯一的徒弟，这个关系被我们一直保持到现在。她的丈夫在建厂初期，由于生产工艺落后，一根红钢飞出了既定的轨道，从他的小腿中间穿过，他从此落下残疾，病休在家。春节去师父家拜年的时候，我看见他用古怪的姿势走到大门口，热情得让人想流泪地迎接我的到来。他们育有一女，上高中的她留着男孩子一样的短发，双腿绑上旱冰鞋，在不大的房间的水泥地上，敏捷地从一个房间穿过另一个房间。我看见了父亲的残疾在她的心中留下的阴影。他的疼痛于他的家庭来说，曾经尖锐而辛酸。事实上，像他这样的伤，在工厂是何其微不足道。我们经常听到有人受伤。或轻伤，或重伤，或者死亡。有人从高空坠地，有人被大面积烧伤，有人被轧机卷入，身体被轧成血肉模糊的肉饼，有的女工失去双手，有的人倒在钢轨下被机车来回碾压，甚至有的人掉入沸腾的钢水中，只化为一缕青烟。而在他们那个年龄段的工友，没有一个人的腿上或手上没有过烫伤的经历。他们疼痛的呻吟直入骨髓和灵魂，却又被强大的时间和外力所遮蔽，一切都是那样无声无息，没有人会长久地记得起世界上还有那样的一群人曾经因为机器失去了肢体，甚至生命。我们记得的只有教训。人的生命，在我们一次又一次的安全教育中被提起。这个人是谁，这个生命曾经属于谁，我们根本记不住，记住的只有事故本身。错误的总是人，机器永远沉默不语。而人，最终是承受者和付出者。

这个岗位每班只安排一名操作工，它于我的最大的价值在于我无须与钢铁发生直接的对视，它使我远离恐惧，感到安全。一个人被机器的轰鸣声包围着，却又可以那么从容安静。机器巨大真切的轰鸣声在头顶响起，回忆却可以在那里穿越一生的各个阶段，梦想的植物是没有深度的，只有来自钢铁之外的雾气轻轻弥漫，像手指一样梳理着我的脸部表情，以及胃中的气息。这时候可以独自站在岸边，寻找那些接近面包感的诗篇，像抓住一盏能够温暖身体内的水的灯一样，随手抓住了分行文字。

先前的感觉回来了。大水漫上高地。一片裹着风的叶独自轻舞去寻找一片森林。浪尖在地平线上舞蹈，身下就是闪光的大海。

那夜，我替守加热炉液压站，在可怕得让人颤抖的噪声中，写下了我来到这个工厂后的第一首诗。从那天起，我从一首诗中获得了自己。我摆脱掉了让我哀哭不止的谜一般难言的对钢铁的憎恨和眷恋。一个人独处的时候，我长久地注视自己的内心，抚摸与钢铁相处的每一个细节，钢铁就是在我这样的注视中获得了生命力。我在钢铁中看到了我自己。我苏醒。所以我看到了世界。我珍视自己，所以爱这世界。我写作。我痛苦。我爱。钢铁渐渐充实饱满，我被慢慢吮吸至空，我的心紧紧收缩，又变得超乎寻常的坦然。我知道，那是我顺从自己的意愿塑造着我自己。我把痛苦、希望、秘密，把我看到的钢质的美丽，把我能分辨的钢铁从量变到质变的过程、全部的精华和高贵，以及我的狭隘、我的疾病、忍耐、顿悟，输入那个形象之中，使之丰富充盈。从此，我和钢铁彼此摆脱掉了孤独存在的命运。我与钢铁永远在近处观照，或相互梦见。

事情就是这样。我和爱人之间不再有这样的对话：

"我想回去。"我所指的回去，就是回到原来生活过的地方。

"为什么要回去呢？"

"我在这里没有一个同学、朋友，甚至亲人……"很快我就哭起来。我哭的原因是我不知道我究竟想要什么。我自己说出来的话，我都不知道它是不是我想要说的。

"小傻瓜，你怎么可以因为这个而不要我了呢？"哭声被他的笑声瓦解。我的心满是悲凉。他是永远也不可能了解我了。这个一直深爱着我的男人。

随着夏日的来临，天气一天比一天炎热，地下室闷热起来。我的健康状况变得一天比一天坏。油箱里的美孚油散发出来的浓烈的味道让我头昏、想吐，回家后也吃不下东西，吃什么吐什么，只能喝白开水。夜晚我将值班室的木桌往外搬动一点，不让它的一端靠近墙壁，在它与墙壁之间的空隙处搭上一块木板，这样，我就可以顺利地躺在木桌上，将腿搁在木板上闭上眼睛小憩，一小时起来巡视一次。值班室的一条铁制的长椅让给另一位老师傅休息。她会一小时出去一次，爬上陡而窄的铁梯，到更远的地面液压站巡视。铁梯顶端有一扇铁门，夜晚是可以关上的，她每次回来的时候，就在铁门的门角放上一块铁，如果有人查岗，这块铁就可以及时为我们拉响警报，而我们可以在查岗的人走下铁梯的那段时间内迅速爬起来，正襟危坐。夜里查岗的人可能怕麻烦也很少跨过热气腾腾的轧机光顾这里。这条长椅因而也就不显山不露水被完整地保留了下来。据说，就在不远处的某处操作室，某车间主任将长椅从中间焊上了几道铁条，表面上是扶手，实则是害怕操作工或其他的人跑到那里偷睡。结果有一天就有一位女工因为忘记那里已经焊上了铁条，在没有任何防备的情况下，背着身子猛坐下去，结果把下身撑开了一条口子，送到医院去治疗。

两个月内，我瘦成了皮包骨头。躺在木桌上，头紧挨着值班室内那扇小小的窗户，刺耳的声音轰炸着我的神经。我只好一次又一次地将它打开或关上。打开是为了能够时不时地透一透气，关上则可以掩耳盗铃地感到安静。往往是，我起身坐起来，长久地端坐在木桌前读荷马的史诗《伊利亚特》和《奥德赛》，读但丁的《神曲》。我平静地迎来了我的第一个小生命。他来到我的腹中，他投身在他所处的位置上——这不是别人所能置身的地方，也不是谁都可以轻易地将自己的影子投身到大裂谷的阳光深处，在钢铁的丛林中长大，在钢铁的深处萌动思想。每个人，都被上帝所安排，从每个人投身的一刹那开始，那个刹那决定了每个人一生一世出现或置身的地方。荷马投身在遥远的古代，所以他寻找到了史诗《伊利亚特》和《奥德赛》。但丁投身到《神曲》之中，他用一生短暂的时光一直在寻找着他幻觉中出现的那个女人……现在，零岁的他投身到他的母体中，他告诉我，从投身的那一天起，他就开始倾听他的母语——钢铁的轰鸣……

　　我一直希望他是他，而不是她。这一直源于我对男性的眷恋。想一想吧！我是从什么时候开始对男性的依恋的呢？从我来到这个人世间，我就开始了对男性的依恋，我依恋的那个男性就是我的父亲。我出生以后，他就在远方与我们遥遥相望。对我来说，他是作为一个符号而存在着的。他是一个词语。为了与他见上一面，3岁那年，我和母亲坐上拉货物的大卡车西行，仿佛穿越了整个冬天。他是多么爱我。他用他的海鸥牌照相机为我留下了许多珍贵的黑白瞬间。他在家里为我放电影。他用各种各样透明的颜料画成五颜六色的画，插进一个神秘的黑乎乎的机器里，他告诉我那是幻灯机。幻灯机放出的那些美轮美奂的雪山草地、油菜花梯田童话般地让我屏住了呼吸，他是为我制造无穷无尽幻想的魔法师。之后，我与他离别、再相见、再离别、再相见。这大概就是我眷恋他的原因之所在。在我开始背上书包上学的时候，魔法师又开始了一次一次地离家，一次比一次走得更远。突然间，他又回来了。在回来之后的五年时光里，我，他的女儿，与他最相似的那个人，已经开始了青春的叛逆。我们用最痛苦的方式折磨对方。我们爱着，又相互仇恨着。算起来，魔法师的一生只给了我五年的时间在他的身边，其他的时间，都是用来思念和回忆。

"然而，仅仅是爱一个作为父亲的男人是不够的。这是真理的原则。当我进入这个原则的时候，我已经毫无准备地与男人们往来。每个女人都要与男人交往，这种来来往往的关系——可以在梦乡发生，也可以在现实中发生。" 1999 年，海男在《为男人写传》中，写下了这段话。那时候，我迷恋她的诗歌和人生才刚刚开始。在这之前，我早已开始了对第二个男人的眷恋，在他娶我之前和之后，我都从未告诉过他：我爱他。但就是这个男人，却让我的容貌和气质变得一天比一天更沉静。

现在，我怀着他的孩子。可面对孩子的降临，他却没有做好做父亲的准备。他一次又一次地离家出差，或者在深夜的办公室里画他那永远也画不完的设计图，那些图纸堆成小山，图纸上密密麻麻的线条和数字让我看起来就头发昏。这些线条和数字很快会变成一座座冰冷的或者血红的钢铁。那是一个钢铁人或者一群钢铁人的热情、理想和梦幻。它们的存在，是我们欢乐的理由，奋斗的动力。

我的身体见红了，却独自一人一次又一次地出入医院。医生告诉我说：孩子的情况不妙，你需要很好的休息。

雨飘起来了。冰冷的利器刺入我的身体。我的身体发出尖叫，泪水从我的两鬓流进头发。我有一个强烈的预感，我不会再有孩子了，一辈子不想再要孩子。没有一个孩子，会比得上这个才两个多月就夭折的孩子在我生命中的分量。在整个盛夏，我经历了彻夜不眠。我比睡眠苏醒得更早。我在一个人的山峦，向更远方的山峦眺望。我知道我现在置身的远方不是我的远方，也不是我的未来，而是我的那些痛苦而又无奈岁月的唯一见证。

钢铁的声音渐渐远去，火车的尖鸣却再次从我的身体里拉响。我知道，总有一天，我会坐着火车再次出发，向着不知道的远方。

淡淡的浮云，几颗寒星挂在天边，多么像一个人整整的一生。我没有动，还是原来的姿势。几年后，我在我的个人简历上写下了以下几行字：某年某月，天车工；某年某月，油泵工；某年某月，样板钳工。

一个陌生的声音飘来，很像世界上另一个方向的声音，充满真情和苦心。"我把明天的事情像灯盏举过头顶/我感到四肢虚无/明天的事情在黝黯的花园里/走个不停/明媚，像寒冷的铁片/我听到风吹铁片的声音/明天的事情像风吹铁片/寒冷，吉祥/呈现更多的山峦/我把明天的事情举过头顶/像灯盏，充满圣洁的照耀/而夜晚，远在千里之外/千里之外的平原上走着我的兄弟/整个冬天，他们无法安睡/而明天的事情像星子照耀/我的周围/许多鸟停止了飞翔/许多村庄被最后的春雨/覆盖/我举起明天的事情，明媚地奔跑/并在河边，洗我冬天的衣衫/我感到上游正动情地波动着/明天遥远的歌谣/明天的事情照耀我肮脏的小脸/风吹衣衫/我继续朝前奔跑/我感到黄昏的风声无法平息/黄昏的风声/吹落我梦中的鸟或星光"。

这首诗仿佛就是为我而写的，我记得作者是一个叫曾蒙的人。我希望出现奇迹，让我碰见这位诗人，或者碰见像他那样的理解人心的人。风吹衣衫，我继续朝前奔跑，黄昏的风声无法平息。我知道，或许，他的出现，早晚有一天能解救我对成长的恐惧、焦虑与翘望。就在那一天，我才突然明白，我饥渴得不停地寻找远方，那个远方其实是一个意象。或许是我生命中缺失的父爱。或许是一段能够包裹我的爱情。这个爱情既是父亲又是丈夫又是情人，他足以安慰我，包容我，启示我，珍爱我，怜惜我，又亲密得能与我平等交流情感。那个夜晚，大片大片的月光灿烂地垂直泻下。站在远离白天的路口，我听见时光的钟声四面环响。这时，远山就巍峨地矗立在我正凝望的那个远方。远山上的天空，因为我的凝望而高远晴朗。

秋天就那样来了，我的爱情在秋天开始。那是一个来自远方的灼热目光和温暖的声音。那是漂流在钢铁之上的更远方的一条河流。我坐着上班的通勤车，手扶栏杆，回味着与他的相逢。我知道我在乎与他的相遇，我在乎这样的相遇已经很久了。奥赛罗重见到他的丝特蒙拉时说道："假如现在就是死的时候，它也是最幸福的时候，因为我害怕我的灵魂此刻享有如此绝对的满足，所以在未来的未知命运里将不再有像这样的安慰了。"有一个声音在我的耳边清晰地告诉我：他就是一片海，他就是我的远方。他可以给我春暖花开的幸福。我看不见他的面容，只听得见他的声音，我从他的声音中想象他的面容和一条河流的深度。此时，我对他的所有倾诉，我对他的所有的抒写，钢铁永远在做着旁注，它无处不在，它是我在其中熔炼忧伤和多愁善感，赞叹钢铁事业光荣与梦想的母语世界，它让我从裂谷的山岗中脱颖而出，并以金色耀眼的色彩出现在他所有的想象中。

　　他是一个足够可以做我父亲的人。我不是他的情人，也不是他的爱人。时空的交错没有为我们提供情欲的空间。我们没有肌肤之亲、唇齿之交，我们仅仅用语言和思想相互抚慰。然而，当我们之间说出那个字的时候，我们已经意识到，我们已经在开始告别。我们在一起时，总会感到悲哀。我指的在一起，只是漫长的交谈，除了这个，我们没有别的浪漫的范畴。疑问化为两朵相隔万里的两条河流上的乌云，颠覆着我们的道德、良知和情感及一切追问。现实告诉我们，我们不可以相爱，我们不可以投入爱的结局中。这时，我又再次想起了周渔，想起了周渔和她的火车。她的瓷器。她爱的那个诗人。是诗本身还是人本身呢？我喜欢她的故事中展现人情感激昂的本身的同时，更喜欢着那些纠缠着骚扰着人物质疼痛本身的琐屑。它是生活的本质。是我们的生活。人生绝望的一次相遇，要多遥远的距离，要多长的时间，才可以看到手心里生命的奥秘呢？我想起了《魂断蓝桥》，我看见玛拉迎着开着的汽车走过去，是一种无法回到原来的地方的绝望和哀伤。

我无法哭出来，因为我想哭的时候，其实我们已经在告别。于是，我们一次又一次地告别，相互从彼此的生活中消失。两个月、半年，甚至更久。而每一次召唤他的理由，总要从钢铁开始。而他每一次询问我的理由，也总是从钢铁开始。我告诉他：工厂出了重大事故，一天夜里，生产现场发生了爆炸，我的工友一死一伤；工厂一天比一天不景气，没有生产原料，我们的生产已陷于停停打打；工厂可能要解散，我可能不再干我现在干着的工作。这些日常的，但又可以冒充于我来说是天大的事情，可以使我们在平静的交谈中掩盖惊涛骇浪般的心境和忧伤。然后，我们又告诉自己，一定要永远地告别。告别了几十次以后，那一次他告诉我说，他成家了。这确实是一场坚决的告别！

那一夜，我披衣起床，给他发了最后一条短信：我的工友从我工作着的楼房上空跳下去了。我们无法知道他的决绝和哀伤。西部的落后，钢铁的坚硬，时空的阻隔，一一灼痛我的心。你再也不能听我的歌哭了！

就这样，他从我的生活中永远消失了。但我知道，他已牵着我的手穿越了一生，我在他的目光的注视下，在钢铁的丛林中穿越了生死、痛苦、焦虑、未来、前途与命运。我的手掌已留下了他温热的指纹，那是不可以被时间所剥离而去的温馨方式永远地存在着。我还将独自在钢铁中生活，但我已不会再有痛苦。我生活在钢铁的一道道阴影中，当然，更多的是钢铁的光芒中。

在样板室，我只须事先在电脑上将我要切割的铁片的样子设计出来，然后，对一台机床按下各种指令。机床上，钼丝吱吱作响，冷却液浇注下来，小小的火光闪动。钼丝走着它复杂的路线，最后，一块样板切割出来。样板室外，磨床发出"嘶嘶"的响声，样板被磨工紧紧地攥在手里，测试着轧辊的精度。我就是工厂的第一道工序，样板切割的精度决定了随后轧辊的精度及产品的质量。我长久地注视着切割中的铁，我知道，此时的它是柔软的、脆弱的，是孤独的、沉默的。同时，它又是美丽的，是一种叫人从心底发出赞叹的刚柔相济的物体。

在家里，我仍然被惊醒。夜晚的电话铃声就是工厂机器故障拉响的警报。精轧机坏了，接手断了，钩式运输机不能运行了。身边的人披衣起床，电话一个接着一个，把分散在城市每一个角落的梦中人逐一叫醒，然后，以最快的速度奔进工厂。无论再大的雨，无论再寒冷的夜。身边人离家时那咚咚的脚步声敲击着夜的空寂和钢铁在不远处的焦灼和等待。他们与桀骜的机器搏斗，将它们庞大的肢体——解体、清理、修复、组装。钢铁与他们通宵未眠。今夜无人入睡。最后，机器在他们有力的臂膀和不知疲倦的劳作中重新变得温顺起来，以最欢快的歌声赞美辛勤的劳动。当炉火再次为工厂灿烂的希冀冒起歌唱的火焰，亮堂的不只是一双双眼睛，而是春花般盛开的钢铁理想。有谁能够从炉腔中探出钢铁的深度？只有钢铁汉子，只有通过他们沾满油污的脸和粗糙的双手，我们才知道钢铁的深度，与我们的生活质量同等。

钢铁就是这样不断地侵袭着我们的肉体、灵魂、理想、梦幻。在铁质的火焰中，我懂得了钢铁的全部意义。钢铁在大地之上，在精神之上，在我们的家与爱情之上。一些人为它奉献毕生，一些人为它奉献生命。在钢铁的身体里，有无数的血液在为它流淌。就是这样的钢铁，从火与热的洗礼中诞生，然后归于高贵和不朽。

炉火越来越红。钢铁疯长的日子里，我远离了车间。我听到的是钢铁的另一种声音。更多的声音已经埋藏在肉体之中，甚至更深处，在那里，它们穿越心灵所有的狭隘、跨过精神的全部阻碍，以思想的反光昭示它们的存在，并在我的手指和文字中凝聚。从那以后，我写得最多的就是钢铁。我的工作就是抒写与钢铁密不可分的事物。在我写它的时候，曾经是让我痛苦抑或快乐的表达。那是我最深情的凝视，也是我最深情的回眸。面对这些精工细作的钢铁，我知道，一些人的脊梁，比眼前的钢铁还要坚硬。10 年间，我个人微小的写作与这个庞大的钢铁之间有着千丝万缕的联系，从班组到机关，我的成长历程见证了一群钢铁人的情怀、良知与胸襟，见证了钢铁的锤炼过程。见证了炼铁也炼人的全部的悲壮与豪迈、艰辛与血泪、光荣与梦想。成捆成卷的钢铁像飞翔的鸟儿，从头顶飞过。钢铁那坚韧的羽翼、辽阔的美丽已撼动所有的目光。

2007 年 8 月

深处的灰凉

——献给我的少年

当人们无法选择自己的未来时，就会珍惜自己选择过去的权利。回忆的动人之处在于可以重新选择，可以将那些毫无关联的往事重新组合起来，从而获得了全新的过去。

——摘自余华《在细雨中呼喊》

恐惧

这是一个春天的早晨，这天的早晨跟以往别的早晨有那么一点不同。小女孩发现，墙外的梨树经过了一个料峭的春夜，在一夜之间开放了，满树满枝的白茵茵的花儿朵儿挂满枝头。

小女孩在婉转啾唧的鸟鸣声中醒来，缩在温暖的被窝里，睁眼看着窗外梨树枝上那几只腾挪欢跳的小黑影，快乐地想，放假了，后天，不！明天就去约草儿和萍到学校看成绩去。她在心里盘算着：语文、数学、自然，对了，还有英语！她最喜欢的功课就是英语了，多么有趣啊，她想，为什么小学的时候不上英语课呢？要上的话，也一定能像语文一样，考全年级第一名呢。

小女孩刚升初中，第一学期就是在新奇和快乐中度过的。她想到了她的英语老师，一个很老的老头，打读书以来，她还从来没见过这么老的老师。你瞧，他在黑板上写字的时候，手还有点哆嗦呢。她想到了一个新学的词语——老态龙钟。草儿说，对，老态龙钟。她就和草儿一齐笑了。可是，她发现，从上课的第一天起，就喜欢上他了。他嘴里发出来的声音是那么奇妙动听。他还给大家唱了几支歌，用英文唱的，很抒情的样子，沉厚、磁性的嗓音听得同学们都呆了，她、草儿，还有萍在心里就生出了几分崇拜。再往后，她就和大多数同学一样，课余时间在他那不大的楼上的小屋里度过，他那间光线不太好的小屋里挤满了叽叽喳喳的女同学，男同学对这一切充满了不屑。当然，不屑的原因还有，男同学和女同学是不可以说话的，读小学的时候，男同学和女同学就不说话，到了初中，这个界限似乎就更分明了。他呢，就拿出他厚厚的影集给她们看。相片都发黄了，有些还涂了色彩。一个女人的照片最多，穿旗袍，很娇艳的样子，有几张照片，女人还坐在英语老师的腿上。看到这儿，草儿她们就红了脸，哧哧地笑，听到她们的笑声，英语老师就凑过脸来看，越看，她们的脸就越红，慌忙地推开他，说，不许看，不许看！！

她对母亲说，我们英语老师是名牌大学毕业的呢。母亲的言语中就多了几分敬重，说：好啊，有这么好的老师教你们，你可要好好学啊。

她又说：英语老师独自一人呢。母亲就说：那就多请你的老师到家里来玩吧。

她的家离学校近，英语老师就来过好几回了。

她在床上躺了一会儿，不知不觉中天大亮了。小院静悄悄的，不时有几只呼朋引伴的雀儿扑扇着翅膀到院中觅食。她的家在一排平房的最尽头，平房前面一大截土基围墙隔成了两个不同的世界，围墙的那边是公安局的果园和菜地，劳改犯们时不时地在那边接受劳动改造，土墙的这头，她的母亲请人靠着围墙修了一间厨房，又在厨房和平房之间编了一个竹篱笆的门，她家就有了一个安静优雅的小院。她的母亲在土墙上放了几盆太阳花，每天太阳花一开，粉粉嘟嘟的枝啊蔓啊的，爬满了土墙，她把它们都写进了作文。

"……哎！家里有人吗？"

听到有人叫，她飞快地穿好衣服。隔着玻璃窗，她看见英语老师站在窗前。

英语老师隔着窗说："走，到学校去，我给你判成绩！"

她喜出望外。她说："贺老师，你等一下！"

她就站在窗前对着镜子编小辫，一只辫子怎么也编不好，有点扭，她拆了重编。贺老师在窗外跺着脚，越跺，她的手就举得越酸，她索性不理它了，胡乱抹了几把脸，跟贺老师走了。

贺老师穿一件黑色的旧呢子中山装，戴一顶黑色的旧呢帽，肌肉松弛的脸就愈加白净，也愈加慈祥可亲。她心生感动，挽了贺老师的手臂，师生俩向学校走去。

快到学校的时候，她看见一些人在往学校跑，接着更多的人从四面八方往学校跑，嘴里喊着："快！着火了！"她看见不远的地方有一股烟蹿向空中，接着烟越来越浓。啊，学校的一幢木楼着火了，来看热闹的人比救火的人还多。她看见奔跑的人群中有昊的身影。昊回过头来面无表情地看了他们一眼，很快就无影无踪了。她想，这个插班生也是来看成绩的？他家倒是住得很远。

贺老师很快给她判完了卷子。贺老师点着卷子说："看这儿！

这儿！句子开头怎么忘了大写？句末没有标点符号！"她羞愧得脸一下子红了。贺老师在她的鼻梁上轻轻地刮了一下，目光停留在她的脸上，好久，然后在卷子的首页划了一个大大的 100 分。她吃惊得脸更红了，一下子红到了脖子根。

贺老师转身从一个小木箱里拿出几块饼干递给她，见她未接，便拉了她的小手，将饼干塞在她手里。她人局促着，忽然就觉得小屋有一种异样的冷寂，背心飕飕地冒着凉气。她听见贺老师说："吃吧！吃完了写几个毛笔字给我看看，都夸你写得好呢。"听了贺老师的话，刚才那种奇异的感觉一下子消失了。她啃着饼干，嘴里有一股淡淡的樟脑味儿。

写毛笔字是她最感兴趣的事，她喜欢听老师的表扬，上写字课的时候，她的大字本被老师画了很多圆圈。被画上圆圈的那些字就是老师判为写得好的字。她常浏览自己的大字本，对那些红圆圈不厌其烦地进行检阅。

她拿起贺老师的毛笔，蘸上蓝墨水，敛声屏气地在报纸上写着，不一会儿，鼻尖上竟有了几粒汗珠。贺老师紧挨她坐着，嘴里不时地赞叹两声。屋内异常安静，挂钟的金属表针走动，声音简洁有力。突然间，那种异样的感觉又向她袭来，然而又分不清这种异样到底是什么。她突然对自己正在做着的事情感到疲倦。贺老师微笑，歪头看了她一眼。他说："你累了吧？来，坐到我身上来！这样写高度正合适！"随后，他不知哪儿来那么大的力气一下子抱起她，将她放在自己的腿上。

她的心里有一丝迷惑，有一丝不安，她想到了那个坐在英语老师腿上的女人。但是贺老师的面貌上显示的年龄又令她如此迷惑：介于父辈和祖辈之间的慈爱既诱惑又易于让人听从。他的手臂揽紧了她，但她却没有任何抵抗拒绝的能力，她天真地继续着她孩子的习惯，完全听命地进入他控制和主宰的成人世界，哪怕内心有些慌张。整个书写的过程并不长然而她却感觉到了它的漫长。她坐在他的腿上，却并没有真的表现得如他感觉到的那样轻松自如，而是后脚跟用力，两腿对称打开，以这个令肌肉酸痛的艰难姿势，努力减少他腿上的负担，她在试图使自己的体重显得更为轻盈，她幻想自己悬浮而不是坐落在他腿上。

　　贺老师并不是她成长之中第一个与之行为如此亲密的异性。或者说，是他，真正告诉她"身体"的存在。告诉她身体存在的另一个男性其实是一个叫作尹叔叔的人，他是妈妈单位的同事。他年轻英俊，写得一手好看的毛笔字。读小学五年级的时候，妈妈请他教她写毛笔字。大家都住在单位的大院里，离得不远，于是，她每天晚上写完作业就到尹叔叔的家，跟他学习写字。她记得，他是从一点、一横、一撇、一捺开始教起的。她背对着他站着，他坐在藤椅上，用身体把她围在自己的怀里，然后，他用毛笔蘸了墨汁，在一张洁白的纸上示范给她看。他说："你看，写'点'的时候，笔落下去，在纸上顿一下，然后再轻轻地收回来。"她照着他的样子做了，几乎跟他写得没有一点差别，这让他十分兴奋，他几乎是叹着气说："再来，再写几个给我看看！"她又照着他的样子写了，然后，回过头来看他，等待他的夸奖，尽量掩饰着心里的小小的得意。她回过头来看他的时候，可以仰头近距离地看到他挺直的鼻梁以及他嘴唇上的竖纹。他围着她小小的身体写字的时候，她觉得背后是那种难言的火炉一样的温暖，但她又怕他叹气，他的嘴里会飘出一股古怪的难闻的气味，像腐败的咸白菜的气味。尹叔叔嘴里吐出的气味在她身后延长的时间并不久，他就被派到别的工作点去了。从此以后，她再也没见过尹叔叔，但她知道他结婚了，并在不长的几年的时间内患肝癌死去。当然，这些都是她以后才知道的。

现在，艰难的脑力活动，以及暗自较劲的坐姿，消磨着她……不知道是她的敏感还是隐约中的错觉：当她力图分解自己的体重的时候，贺老师的腿也在轻微抬升。她的两颊泛起潮红，不自觉地把身体向桌边倾靠，然后，从他的腿上滑下来。

贺老师本来右手正端着茶杯，现在他把茶杯放下，手臂绕过她的腰，果断地向后紧了一紧，把她从后面搂住。她看不见他的五官和表情，但她低头看到了贺老师青筋暴突的手臂——这双手对她来说突然间变得如此陌生。他的手臂在她背后延伸，然后，揭开了她的衣裳，颤抖的手指蛇一般钻进她暖烘烘的身体。

她的眼睛闪过一丝惊惶与困惑的表情，其中包含着对身体的本能捍卫，也包含着对纯洁的维护，巨大的羞耻心向她袭来，对身体突然涌起巨大的不洁感和仇恨使她立即以愤然坚决的态度去挣脱他的包围。贺老师的举动是陌生的、粗暴的、神秘的，却又是可怕的，让人惊恐万端的，她感觉到她面临着巨大的危险，她想奋力地挣脱贺老师的包围，却挣脱不开，她的心里充满了绝望，于是，她又再次叫起来。贺老师赶紧捂紧了她的嘴，一边压低声音呵斥道：不要叫！她的挣扎和反抗让贺老师的心里充满了绝望，他全然忘记了周围的人都跑到不远的地方看救火去了，周围安静得足以让他放下一千个心来对付她。此时，他像一个亡命徒似的，对眼前的这个小女孩充满了刻骨的仇恨，他劈脸给了她一巴掌，但随后，他的脸上也挨了女孩以牙还牙的一巴掌。

女孩看见眼前的这个人由慈祥的老头忽然间变成了一个陌生

人，一个可怕的魔鬼一样的男人。她想，我是怎么到这儿来的呢？怎么一切都变得那样神秘和可怕？恍如隔世！她乘机跳到一边，然后想着要尽快地离开这个陌生的、可怕的男人。她一扭头就往门边跑，这时候，没等她跑到门边，她和他都同时意外地听到了敲门的声音。

不错，敲门声音来自他们这个房间的这扇门。这个敲门的声音让他们双方都同时陷入了巨大的恐惧中，不知道门外等待着他们的是什么。接着，他们又听到了第二阵敲门声，伴随着敲门的声音，一个童稚的声音在外边叫："贺老师，贺老师在吗？"

无疑，这个人的到来，将他们双方同时解救出来。

"人，不知道自己会拥有些什么样的片段，也不知道这些片段会对人生造成什么样的更改，如同，不知道哪粒花粉能酿造出寂静的果实。"这是许多年后，她坐在一间书房里读到了周晓枫在《桃花烧》中的一段话，但她相信，那一天，那个春天的早晨，那个小县城开满白茵茵梨花的早晨，从此影响了她的一生。

友情

离开贺老师的小阁楼，她开始奔跑起来，校园里，失火的木楼已经被人扑灭，空气中弥漫着焦煳的味道。她双腿麻木着，她感觉不到她的腿长在自己的身上，也感觉不到她奔跑的方向，直到她跑到校外一条窄窄的小路上，她才开始气喘吁吁，抬头看见小路尽头萍家的房子。萍家的房子坐落在一片菜地中间，周围散布其他住户的房子，这些房子的主要特征是灰色或土黄色的土墙瓦房，有一个可观的院子。在小县城，除了国营单位公家的房子集中在县城主要的四条街道外，这样带院子的房子多集中在郊外的农民的自留地里。萍的爸爸在国营汽车队开车，妈妈是钟鼓楼一家国营商店里的营业员，但他们不住公家的房子，他们住的房子无疑是萍的爷爷奶奶或者祖上留给他们的房子。

萍家的院子格外整洁，植物参差，有一棵樱桃树，树下总是花团锦簇，她见得最多的是大丽花和菊花，有一大丛肥绿的植物备受珍爱，那是这个县城少见的牡丹和芍药。但是她还没有见到过它们怒放的样子，据萍说，它们怒放的时候十分华贵妖艳，牡丹开放的时候，萍的爸爸会喂它们喝酒，它们喝了酒就醉得一塌糊涂，醉得一塌糊涂的时候就怒放得愈加妖艳。她第一次从萍的口中得知什么叫醉牡丹。

"萍！"她站在墙外喊，等她从她的房间探出毛茸茸的脑袋。萍的婆婆坐在院子里晒太阳，她听见了她的叫声，就在院子里帮着她喊："萍——萍——你快出来，同学找！"萍是她在学校除了草儿外的另一个形影不离的朋友，她的想法基本上就是她的想法，她们好得像穿了一条连裆裤，好得像共同使用着一个大脑。

她听见院子里婆婆的声音，就知道萍她在家，萍却老半天不出来，"萍！"她继续喊，心里突然涌起一阵烦躁，喊声里就有些发毛。春天干燥的风吹得她嘴唇脱皮，她咬下碎皮，吮吸从裂缝中渗出的血。

吱呀一声，萍家的木门打开了，萍从门里探出头来。萍蹦跳着跑到她身边，见到她一副很开心的样子，她见了萍，心里却涌起了一阵难言的伤痛——她朝这里奔跑的目的是什么呢？是急于想见到她，把刚才发生的事情告诉她，还是只想见到她本人呢？她一时搞不清楚她找萍究竟想做什么。她犹豫着，于是，她第一次在朋友面前有了自己的秘密，而且这个秘密是一个压得她喘不过气来的秘密。

萍叫她到她的小房间里去坐，她却怏怏地靠在萍家的墙头不想动。此时，太阳正温暖地照着她们的身体，靠着墙晒太阳在初春的早晨也的确是一件美事，萍并没有反对，她们两人就这样靠着墙许久不说一句话，各人想着各人的心事。

她们俩谁都没有注意到，这时候，一个让她难以接受的场面出现了：只见贺老师出现在通往萍家的那条小路上，很快他就站在她们不远处，嘴里喊着她们两人的名字。她见到那个黑影，简直无法接受他的到来，于是，她朝前几步，迅速摘下菜地里一块霜打过的菜叶一面向那个黑影扔过去，嘴里一面喊着："滚！滚远点！！"那个黑影滑稽地躲闪着，不但没有恼怒，反而脸上带着讨好的笑容。于是她更加恼火地不断地向那个黑影扔菜叶，她的面前可以用来打他的只有菜叶，而菜叶肯定是打不痛人的。萍看到这个场景觉得好玩极了，她以为她跟贺老师在玩一个好玩的游戏，于是，萍立即也加入了这个好玩的游戏当中来，看到贺老师也被她击中了，萍的嘴里发出了快乐的银铃般的"咯咯咯"的笑声，笑声激发了两个女孩子的斗志，她们简直"玩"疯了，把那个贺老师直打得落花流水，狼狈逃窜，最后不战而退。于是她的秘密、伤心以及惧怕在这场"游戏"中，在萍快乐的笑声中悄悄地埋藏了。

1982 年干燥的春天降临时，她 13 岁。那时候，中越边境时有冲突，她所在的县城离战区说起来也并不远，经常迎接"英模报告团"进行演讲，因此那些战火纷飞的故事，又刺激又感人又伤心。那时候《追捕》《佐罗》等电影在中国火热上映，"啦呀啦"的优美旋律中,一望无垠的原野上,被警探围追堵截下的真由美与杜丘相拥在马上驰骋,他们相抱的身姿以及真由美飘飘的长发、飒爽的英姿无疑给禁欲已久的中国人一个晴天霹雳。阿兰·德隆等另类男性以及那些尤物般的女明星在 20 世纪 80 年代初的县城人刚刚获得的自由空气中,以英雄、以浪漫、以爱情、以电影的名义带给县城的人许多做梦的理由。那时候,《大西洋底来的人》中麦克戴的墨镜以及喇叭裤和录音机在待业青年中间走俏。那时候在青春期的少女情怀中,阿兰·德隆这样英俊多情的侠士形象对于她们那个年龄的女孩子来说是一种启蒙,甚至可以说具有颠覆性的意义,但她们的情感是羞涩、隐秘而且是羞于对人说的。她们没有更多的选择和释放空间,并不像现在的少女可以扑过去对着喜欢的偶像大喊"我爱你"就可以轻易释放掉。那时候,刚刚开放的中国的中小学校园里,至少在她所在的小县城的中小学校园里,男女生共用的课桌上还有一道道明显的"三八线",男女生之间的纯洁和封建让人难以相信,这些外表的纯洁和封建又让怀春的少男少女们的心里充满了焦虑和渴盼,不像现在的年轻人可以大大咧咧地交往,十几岁就知道男人和女人的事,讲起爱和性就跟嗑瓜子似的,他们比她们要多活出许多年来,他们更了解生活是什么样的东西。那时候的家长们都在忙着建设工业农业四个现代化,他们释放着他们的政治抱负、工作热情以及对生活的美好憧憬,每天哼着"甜蜜的事业""希望的田野"热血沸腾地工作和生活,他们对孩子的教育接近顺其自然的架势,他们认为只要孩子在学校好好地读书,他们就会有一个美好的前景。

开学不久,她烦恼地发现,自己似乎又长高了。厨房门侧的墙皮上，铅笔划痕间距不等，每根不太平直的黑线旁边，写着一组数字。那是妈妈比着她的头顶在墙上刻下的成长记录。最近一年，数字相邻的日期很近，而直线之间隔开的空白却越来越大，以不可思议的速度增长，无人知道这一切带给她心里的隐忧。长高了，就意味要面临成长带来的恐惧。

那天课间操刚散，草儿神神秘秘地把她拉到一个角落，她说要告诉她一件重大的事情。这个秘密重大得使她们找说话的地方足足找了有 5 分钟之久，最后，她们决定到学校的天桥上去说。她和草儿在天桥上站定后，她就急切地摇着她的双肩："说呀，说呀，什么事情嘛!!"草儿是一个美丽的女孩子，比她至少要大1 岁。也就是说，她已经 14 岁了，在她的眼里，草儿有那么一些不正经，因为她知道的事情、她心里想的事情、她跟她说的事情，总是那么新鲜刺激，那么让她脸红心跳。她竟然跟她说她喜欢阿兰·德隆，还有她的好朋友谁跟谁好啦，谁又喜欢谁呀，但这些谁跟谁好的人远在一个叫作宜宾县（今宜宾市叙州区）新市镇的地方，那个地方可以看到金沙江，江边长着许多她见都没有见过、听都没有听说过的水果——猕猴桃。尤其是那个地方的男孩子和女孩子还可以相互说话，相互喜欢。这些遥远的事物又使她的心里堆满了憧憬。这一切又是她跟草儿交往的重要原因，加上她有一颗天生的悲悯之心，喜欢同情弱者，尽管草儿并不是弱者，只是被别人抱养的孩子。草儿管抱养她的人叫大爸和大妈。可是她认足了这一点，就对草儿充满了同情，这跟后爸后妈没有什么两样。

现在草儿身上有重大的事情发生了，这的确是一件重大的事情。草儿说，她的身上流血了。昨天流的。草儿的脸上荡起了一圈红晕，面色突然跟开着的桃花一样。她望着草儿，感觉眼里的草儿十分陌生。身上流血的女生草儿肯定是班里女生中的第一个，她是那样特殊——一个被别人抱养的女孩子，一个什么都懂的女孩子。

于是她根本不关心草儿心里的感觉，反而好奇地问："什么样的感觉？"草儿说："就是害怕，感觉害怕。"草儿突然哭了，泪水一串一串滚出来，她就感到一阵恶心，不知是对草儿，还是对草儿身上正在发生着的事情。

之前，她们还是幸福的孩子，无忧无虑。可是当她们每个人都有自己的秘密后，她们开始进入了成人的世界。她们告别了童年，从此不再有单纯的快乐。

秘密

她再也不去贺老师的房间，而贺老师也不再去她家家访。上课的时候，他依旧面色从容，声音依旧低沉充满磁性，教室回荡着他饱满圆润、弹性十足优美的朗诵声，贺老师在她面前令人惊讶地努力维护着他的坦然。贺老师把他最骄傲的男性的声音维护到了老年，似乎这种少有的漂亮的音色可以使他享有犯罪的特权。那一刻，她发现，他的身上有一种难以言说的微妙的邪恶，怂恿并长久捍卫着他的从容和优雅。

如果不是草儿转学，压在她心头的那个秘密或许就只有她和贺老师他们两个人知道，就会被他们永远烂在肚子里，或许只会成为她少年时代的一个噩梦。然而，她没有想到的是，这个噩梦其实只是一个开始。

草儿的大爸和大妈与那个年代上山下乡的所有知识青年一样，来自五湖四海，在这个小县城的农村插队接受再教育。后来，他们有了返城的机会，然而他们有着他人并不知情的原委，他们并没有回到各自的家乡，而是在这里的一家缫丝厂参加了工作。

　　小县城的人们用眼光仔细打量这家规模可观的很有些历史的缫丝厂的时候，眼神里总有些复杂的意味。这家工厂的本地人并不多，有来自三线建设的，有知青落实工作的，也有本地的青年考不上学校到这里来参加工作的，因此，这里是一个各种思想和行为相互碰撞交会的地方，一方面，这些外来的人近几年往返省城和县城之间，来来往往中，顺便也带来许多新的思想和新奇的生活方式，而那些考不上学校待在家的青年万般无奈地选择到这里参加工作后，很快就将那些新思想和新的生活方式领会贯通，表现在他们的穿着打扮上，他们永远是那么光鲜新潮、敢为人先，外面流行什么，缫丝厂的青年中很快就流行什么。蛤蟆镜、喇叭裤、高跟鞋、脚上的鞋一前一后钉两块发出响亮声音的铁片……他们的穿着打扮与古老的小县城总有那么一些格格不入，尤其是以女青年居多的缫丝厂，那些女青年由于穿着打扮的出格，被县城的人统统冠以"丝妹儿"的称号，这个称号有一种鄙薄的意味在里面，因此，一些传统家庭的孩子考不上学校，家长是不会轻易让他们的孩子去丝厂的，他们的孩子必须复读，再复读，直到考上学校为止。在他们的眼里，丝厂总之就是一个让人不那么看得顺眼的地方。

　　与草儿的大爸大妈同时代参加工作的知青，在参加工作后，就以各种方式想办法离开了。在他们的那个时代，丝厂却也是个藏龙卧虎的地方。比如她的爸爸认识的孙小梅阿姨，以及徐叔叔，他们都是当中的佼佼者。孙小梅阿姨本是省城一家名牌大学知名教授的女儿，在小县城经历了知青和缫丝工人两个她人生中的重要角色后，在1977年恢复高考的第一年考上北大外语系，离开了这个伤心之地。据说，她考上北大的一年后，她一边学习一边担任低年级的辅导员，大学毕业后不久她出国了。而徐叔叔也在丝厂当工人期间坚持画画，随后考上一所有名的美术学院远走高飞了，这些人前前后后的远走高飞意味着草儿大爸大妈那个时代的结束。

在他们走后的数年时光，草儿的大爸大妈也终于要离开，他们的离开，意味着草儿与她也要永远地分别了，她要回到那个可以看到金沙江的地方，那个生长着猕猴桃的地方去。那天下午，草儿与她做最后的告别，两人你送我一截，我送你一截，最后，在钟鼓楼一家小摊前站住，她买了两张卡片送给草儿算是最后的纪念，草儿则给她留下地址，要她记得给她写信。

如果说草儿的存在给她带来的是快乐的话，那么草儿的离去，必然使她感到随后的日子有些百无聊赖。忧伤的心理暗示使她上语文课的时候几乎没有专心过，但她似乎天生就是语文老师的宠儿。她上课干些什么呢？她会一边听讲一边给每篇文章画上插图。最近一段时间，她看见家里订的《连环画报》上有一篇外国小说，叫作《法尼拉·法尼尼》，上面的女主人公有着一双大大的水灵灵的眼睛，长长的眼睫毛，还有黑黑的厚厚的嘴唇，她的形象对她来说是崭新的令人兴奋的，她的陌生的美又是那么令人沉醉。于是她在正在学习的那篇课文周围画了十几双那样的眼睛，还有嘴唇，她埋头专心的样子使她忘记了要举手积极地回答老师的问题，可是当语义老师抽她起立回答的时候，她会轻松白如地回答出来，当然，语文老师不会轻易地抽她回答的，他只在其他同学答不出来的情况下，才会在她身上寻找满意的答案。往往是，她能够让他如愿以偿。

英语课呢，就不那么有趣了。她在上课的时候几乎不会看贺老师一眼，因为她的目光不可能与他对接，哪怕就是那么一秒钟的时间，但他把眼睛移开的时候，她会偷偷地观察他，有一天，她在心里认定了贺老师的眼睛就是一双三角眼，三角眼是那时候的她们评判美丑的标准，反正书上或者电影上的反面人物都长着这样一双眼睛。当她的这个感觉越来越强烈的时候，她看黑板的时间就越来越少，一段时间内，她成了班上发音最标准和语法最差的学生。

草儿走后不久的一天，她终于忍不住要给草儿写信了。从小到大，她还没有写过信，是草儿给了她写信的机会。还有，草儿不在了，她才发现，她有好多的话想对她说。

她把作业做完后就开始写信。屋内是那样安静，没有一个人来打扰她。她的父亲一直没在她们身边，他在早些年因为政治运动，被"流放"到边远的一个山区教书，她的母亲是会计，不是加班做账就是到别的门市盘点，经常早出晚归，她放学后就自己锯柴劈柴，烧灶做饭给妹妹吃，妹妹吃过饭跑到外边玩闹去了。

草儿你好！你回去后学习还好吗？身体还好吗？我真想念你！你走后，我们班和5班举行了排球比赛，我们输了！要是你在就好了，因为发球接球都不错的就我、康彬和你了，现在你走了，我们俩在场子里根本招架不住。5班那个沈正英能发"上手飘球"，不晓得她是怎么练出来的，还有就是她怎么能够有那么大的力气呢？球发得又飘又狠，直把我们打得落花流水。

写到这里，她停下笔来。她的眼前出现了那天比赛的情形。那天，班上的男生全部来助威了，因为只有在这个时候，男生才可以名正言顺、明目张胆地跟女生说话，他们一定在心里振振有词地安慰自己一番：我们这是为了班级集体的荣誉才说话的，并不是我们男生想跟女生说话来着。他们大部分人脸上还带着羞涩的表情，尽管他们并没有机会说太多的话，他们只喊加油，几乎要把嗓子喊破，好像他们要对女生说的话全装在里边了。

就在那天，她发现人群里一双特别的眼睛一直看着她，她侧过头来的时候发现那双眼睛是昊的眼睛，令人惊讶的是那双眼睛的主人并没有张嘴跟着大家一起喊，而是在一旁沉默着专注地追随着她的一举一动。他的个子显然比别的男生高一些，因此，他在人群中也就有些打眼。当她回望他的时候，他的眼睛躲闪着，害羞地把头一低。就在那一天，她发现昊是一个特别的男生，一个眼睛有点儿忧郁又有点儿羞涩的男生。如果今天想以偷懒的方式来形容昊的长相，那么你可以说那时候的他是缩小一号的香港明星黎明，是的，没有人比他更像现在的黎明了。多年以后，当她想起他的时候，她还是这么认为。他的脸窄长而英俊，只是后来的他气质还要显得深沉一些。当你看到他的眼神的时候，你会在顷刻间生起一种想要安慰他的欲望。

发了一会儿呆后，她又继续拾起笔给草儿写信。她想告诉她昊的事情，她想问草儿，这种感觉是不是跟她喜欢阿兰·德隆是一样的感觉？但是她想了一会儿，最终还是决定不写这件事，想必那种微妙的感觉她是没有能力说得清楚的。于是，她想了想，就开始写她和贺老师之间发生的事情。

在信中，她根本不叫他贺老师而是叫他贺老头。末尾她写道：草儿你相信吗？贺老头就是这样一个坏蛋！他究竟想做什么呢？草儿你收到信后要马上给我回信。

她写完信已经很累了，于是她郑重地将写好的信放进了书包。

泄露

月上树梢头。月亮将墙外那棵梨树的影子投到她的蚊帐上，她的蚊帐上便有了一道道美丽的光斑，窗外的微风一会儿将光斑吹散，一会儿又聚拢来，同在光影里的还有她白瓷般的小脸。

母亲房间的灯熄了，可是不一会儿，她听到了母亲的敲门声。母亲在外面压低声音有些急切又有些神秘地说："开门！"她一阵惊吓，坐起来发了一会儿呆就光着脚满地找她的凉鞋，母亲又在外面压低了嗓子喊："快开门！"她就光了脚跑去开门。

母亲让她躺在床上，然后，她坐在床头。她坐着的时候挡着了月光，于是她在她眼里成了一团影子。

母亲并没有马上开口说话，她好像在等待着什么，那一刻，她的鼻子一阵发酸，她一紧张，鼻子就会发酸，她觉得有什么重大的事情就要发生了。母亲沉吟了一会儿，便从身后拿出来一团东西，她一时看不清那是什么，母亲把那团东西紧紧地攥在手里，然后突然开口说道："你给草儿写信了？"她一下子明白那团东西是什么了，她抖着向母亲扑过去，嘴里号着："给我！你给我！"

母亲一把将她推倒，她低声道："说，那个贺老头到底把你怎么样了？"她听出母亲的声音也在发抖，母亲的态度使她感到她和贺老师之间的事情是那样羞耻。

她的心蹦跳得很快，她看不清她脸上的表情，但她感到了母亲发抖的声音中有一种夸张的崩溃，于是她紧紧地咬着自己的嘴唇，眼睛里突然就有了泪光。

窗外的月光独自亮着，母亲的手在月亮投下的光斑中晃来晃去，她知道，母亲在擦眼泪，她的心里突然就感到一阵刺痛，自己的眼泪也一串一串地滚出来。

良久，她听见母亲说："孩子别哭，告诉妈妈他把你怎样了？"母亲的声音一下子温和起来，温和的声音驱散了她心中的恐惧，于是她一下子扑进母亲的怀里，哭着讲述了事情的经过。母亲又问："再没有别的了？"她抬起头来，看着母亲摇了摇头说："再没有别的了。"她不明白母亲指的别的是什么。

母亲拍拍她的背，轻轻对她说："孩子你睡吧，记住妈妈的话，你和贺老师的事情今后不能再告诉别的人。"她点着头，那天晚上，她知道自己的身体从此掩藏了一个秘密，一个永远都见不得阳光的秘密。

班主任肖剑秋有着令人害怕的温和，他永远用那双笑眯眯的眼睛看着他的学生，可他手上的粉笔随时都可能飞起来射向某个目标，而且一射一个准，头部无疑是他命中率最高的靶心。

有那么一段时间，肖剑秋的粉笔头很少在教室内做直线运动，或做抛物线运动。东京世乒赛起，比赛的余热延伸到了他的数学课上。他紧靠第一排座位站着，手臂可笑地比画着，向他的学生们再现那些个他在电视上看见的惊心动魄的场景，要知道，他的学生大多数家庭根本没有条件看到电视。他眉飞色舞，嘴角堆满白沫，随后唾沫横飞，使第一排那两位仰起脸来倾听的女同学犹如在一场细雨中，她们不断伸手擦自己的脸。

谢赛克、蔡振华和江嘉良成为她们谈论最多的话题。课间休息时间，男生霸占了教室外面所有的水泥板搭建的乒乓球台，女生则把课桌画上一道线，在短小的距离内，两个人用铁皮文具盒你来我往地击打乒乓球。

一天中午，班主任肖剑秋来到她激战正酣的课桌旁，有些神秘地对她耳语道：校长要你到办公室去。她去了，女副校长把她带进了一个小房间，门在她们身后迅速关上。两个小时后，她失魂地走出了那个房间。一路上，她想着女副校长的话：×××同学，你要对你写下的白纸黑字负责，你要保证你的每一句话都没有说谎，并且每一个细节都不能放过。她在白纸上写下的黑字让她的身体再次感受到了肮脏和羞耻。

不久，英语老师就不再担任她们班的英语课。他消失了，消失得无影无踪，没有人知道贺老师为什么要离开。

只有她明白到底发生了什么。她突然对母亲，还有那个让她在白纸上写下她和贺老师之间发生事情的女副校长，充满了莫名的厌恨。她心如刀绞——她轻信了她们绝不泄密的誓言。显然，她们不仅泄露了她的秘密，贺老师还因为这个秘密而付出了代价。贺老师的离去让她难以清晰地去感受当初的惧怕、厌恶、惆怅的心情，取而代之的是强烈的震撼，这种震撼来自外界神秘的、不可知的力量，和沿着贺老师秘密失踪方向而去的未知和无限的黑暗。这个黑暗便是在她那个年龄的孩子对所有的即将到来的或过去了的，来自成人世界的处罚的强烈恐惧，即使这处罚是针对别人的。

两年以后，她坐在窗前看见一个头戴大盖帽、上镶国徽的年轻人向自己家中走来，又默默地目送他离去。就在那一天，她知道了贺老师的下落。他被他的表弟也就是她所在学校的校长，保护到乡下去教书，然后，他在一年后旧病复发。这一次，他强暴了村里的一个哑巴姑娘，并弄死了她。

等待他的是被枪毙。

有几年的时光中，凡是小县城开公判大会，她都被一种神秘的力量推动着，跟着一拨又一拨的人群奔向罪犯枪决的地方。

五花大绑的罪犯们背上插着打上红颜色大叉的纸牌子，开始被押上大卡车驶出县革委会的灯光球场的时候，待在原地的人群便开始哄乱起来，一些人跟着汽车跑，更多的人则开始向另一个相反的方向奔跑，抄近路去解放桥的河坝里看枪决罪犯。路很远，往往是，他们跑得整个肺快被跑坏的时候，那边的枪决早就结束了。河坝两岸仍然站满了人群，有胆大的人跑进河坝的乱石堆里去看死人，回来后蹲在路边"哇哇"呕吐。

她老想着，贺老师被枪毙的时候是个什么样子呢？她曾经看见过有些被枪毙的罪犯朝着人群微笑。其中有一个年轻的小伙子站在大卡车上朝着她笑过，她记住了他剃了的光头，还有他的眼神。有一次，她也跟着那些人跑进了河滩，但还是不敢看让她感到害怕的那一幕，于是，她十分小心地从人缝中张望，她无比激动地从人的腿缝中看到了一双脚，那双脚呈现出青菜一样的颜色。从此以后，她再也没有去看枪决，她终于不用去想那个姓贺的老师了。

背叛

贺老师刚从学校神秘失踪的时候，没有人知道她内心正在遭受的折磨。而此时，她最好的朋友，也开始了对她的背叛。那天，萍突然对她说：

"我要和你绝交！"

她因为巨大的震惊鼻子又开始发酸。她问："你为什么要和我绝交？你得说出个理由来！"

萍似乎考虑了很久才用尖细的嗓子喊道："为了你，我挨了我妈的打，还有我爸，他从来没有动过我一根手指头的。他们不准我和你在一起耍！"

"……他们说，你会坏了我的名声！"

"我已向我父母做了保证。"

从萍尖细的声音中，她明白了在萍与她的决裂事件中，班主任肖剑秋扮演了一个什么样的角色。

班主任肖剑秋隔三岔五就要到萍的母亲所在的那家国营商店去买一些处理的便宜货，这其中有萍的母亲讨好肖剑秋的意思。

那天肖剑秋又去了钟鼓楼的那家国营商店。那几天他的心里因为贺老师和她的事情而感到兴奋难耐。于是，当萍的母亲将几根断了的肥皂和几支牙膏，还有一些乱七八糟的东西统统装进一个纸箱子后，面对这个脸上长着两个酒窝的美丽女人，肖剑秋迫不及待地说："不好了，我们班出事了，出大事了！"即使在今天，她仍然无法知道肖剑秋是怎样把这样一个与性有关的事情面对面地告诉一个女性的，因为在那个年代，性即使在成人中间，也还是一个羞于谈论的话题。她只看到肖剑秋在滔滔不绝的时候，嘴角令人遗憾地堆满了白沫。

他们同时发出了这样的叹息：

"真是伤风败俗啊！"这是他们两人长久以来心灵最默契的一句话。

她在听完萍之所以要跟她决裂的理由后，站在天桥上仰起脸，长时间地不说一句话。她当初的神态犹如听到噩耗似的凄凉，过了良久，她才对萍说：

"好吧！"

要做到彻底绝交，双方互赠的东西都没必要再保存在对方手头了。当然，这个想法和行动是从萍开始的。于是，接下来上课的时候，萍就开始给她递纸条。她在纸条上写道：

"请你把我上次送给你的手帕还给我！"

她接到同学七传八传递过来的纸条后，自尊心受到了莫大的侮辱，她显然无法想象萍竟然如此无情，萍的无情带给她的是羞辱和突然间生起的仇恨，这仇恨因为萍准确无误地离去而越加强烈，于是她冷笑三声：

"呸——！谁稀罕你的东西！"

萍接到纸条后脸涨得通红，于是两个昔日最好的朋友开始了她们之间旷日已久的"纸条战"，她还把战事从课堂上的纸条相骂延伸到了课外。

这一天放学后，她和同学们在班上又开始了一场乒乓球酣战，她们将四张课桌拼成一张大大的乒乓球台，球台变大了，打法也随之而改变——单打变成了双打，当然她们手中的常规武器文具盒也被正宗的球拍替代，这无疑吸引很多的同学来参加，萍在没有同学的陪伴下似乎不能独自一人回家，于是她也来参与其中。

　　与她搭档的是康彬，在班级的任何体育竞技场合，她们俩相互信任，配合默契，于是，一轮打下来，她们俩稳居霸主地位。要想和霸主对抗，要先来"报名"，"报名"合格的，才可以有资格继续和她们打下去。

　　轮到萍和她的搭档前来"报名"了，萍和她的目光相遇的时候各自显出了紧张和不安，但这种不安很快从她的神态中消失。萍畏首畏尾的样子让她感到快意，处罚叛徒最佳的时候到了。于是，当对方将球发过来的时候，她后退两步，球不是朝着课桌挥去，而是朝着萍的脸准确地击打过去，"啪——"的一声球击中了。萍一下子捂住脸蹲在地上，接着像拉手风琴一样地哭泣起来。

　　听到萍的哭声，她惊恐地感到罪恶正在来临，同时，又感到无与伦比的激动和快意。当一大堆同学围着萍七嘴八舌像一群麻雀一样叽叽喳喳的时候，她将手里的球拍往课桌上一扔，说："我不打了。"

　　说完"哗"的一声拉开课桌找出自己的书包，一扭头转身就走。

　　其实她和萍的纸条在传递的过程中，她们本人并不是第一读者，充当第一读者的是那些帮她们传纸条的同学，因而她们之间的"战争"早就是公开的秘密。因此，当她凶狠的一击和萍手风琴般的哭声拉响的时候，她们很快意识到发生了什么。而萍在女同学团团围住的当口很快地镇定下来，停止了她手风琴一样的哭声，她仰起脸朝快要走到门口的她骂了一句：

"你这个女流氓！"

为了证明她骂得恰如其分，随后她又说道："贺老师摸了我。"她眉飞色舞地解释："这是×××写的，知道那是什么意思吗？"

"贺老师摸了我。"哈哈，众多女同学报以由衷的笑声去迎接这句话。

她脸色苍白。那一刻，生活过早地向她展示了她想象中完全不一样的容貌。她反身气势汹汹地走入了她们的哄笑中，扭头咬牙切齿地骂道：

"你她娘的才是女流氓！一群流氓加泼妇！"终于她的眼泪夺眶而出。

那群女同学一下子竟然鸦雀无声。她们当然没有料到她们的哄笑迎来的是她的迎头痛击。直到她走远，一个女同学才说：

"她骂我们是流氓。"

"呸！真不要脸！"

一个胸部发育良好的女同学在背后气咻咻地骂了一句。

此后的时间里，她必须为那天她不理智地将全班女生视作她的敌对分子而付出惨重的代价。

她们孤立她是轻而易举的事情，而她要不理睬她们却显得力不从心。于是她开始独自一个人了。她站在窗口经常看见她们在球场上兴奋地奔跑，或者一群一伙地结伴去校门口买零嘴吃。尤其是听到萍故意在教室中的高声大笑，她的自尊心受到无情的打击。当她形单影只的一个人独自回家的时候，她的嘴里像是含了一颗青涩的梅子酸苦得难以下咽。

情书

她一方面强烈地渴望回到同学中间，一方面又因为对自尊的维护而变得格外固执，当她在两种背道而驰的情感折磨中显得无所适从的时候，她幸运地被选入了校篮球队。

就这样，放学后艰苦的跑步训练和投篮训练暂时可以让她摆脱掉那些忧伤，她将不再在放学路上独自贴着墙根走路，她的眼睛也不会在她走着走着的时候就莫名其妙地盈满泪水。她就是在那时候开始注意起了昊，那个眼神忧郁、表情羞涩的男孩。

还是少年的昊，此时已经显露出了与他那个年龄并不相称的深沉模样。他挎着书包将手揣进裤兜里长久地站在球场边的神态，以及他孤单的走路姿势让她感到十分亲切。当她暗中注意昊的时候，昊也正在悄悄地注意着她。许多年以后才知道，当初正是自己表现出来的特立独行的神态，曾经那么深深地打动过昊。

昊对她的注意，她很早就察觉到了。昊观看她每场篮球训练，直到她们快结束的时候，他才离去。但开初的时候她并不能确定昊是专门在看她，因为她的身边还奔跑着一群跟她一样的女孩子。她不知道她在球场上奔跑的身姿是那么美好，充满活力。直到有一天上学的路上，她在校门口遇到昊的时候，才证实了自己那让人心跳的预感和期待。

那一天，她看见昊正从校门口的一条小路走过来，校门的斜对面是一家早年的国营毛猪厂，猪倒是没有杀了，但里面却住着一些单位的居民。然而历史的原因，这条不起眼的小路还是被县城的人们照旧称为毛猪厂巷巷儿。昊从毛猪厂巷巷儿走到校门的时候，她也正从另一条路走到校门口，他们从对面远远地看见对方，两人的脚步不自觉地放慢了。那时候他们两人中间走着三五成群的同学，他们边走边高声地说话，只有他们两人是独自行走。当她向昊望过去的时候，昊也站住脚，等待很多同学从他的身边走过，直到显出一个很大的空当时，他用那双乌黑的眼睛大胆地看着她。许多年以后，她一次一次地回想那时他们相逢的情景，可她仍然无法还原当时的情感，只是觉得她一直看着昊，当她的目光与昊的目光对接的时候，她和昊都同时满脸通红地埋下了头。仿佛是想证实什么，或者是在低头的那一瞬间丢失了什么，他们又不约而同地抬起头来再互望一眼，于是两个人同时看到了对方羞涩的眼神。

昊那双乌黑的眼睛就这样深深地印在了她的心里。她不再害怕上学，而是特别期盼中午上学走到校门口的那段时光。在那里，他和她像是相互约好了似的总能碰见对方，并在有限的时间内探寻到彼此羞涩的眼神和各自的心跳。

几年前，她重返这座小县城，重返坐落在东门的校园的时候，校园那座陈旧的，两边是水泥柱子，柱子上镶满碎玻璃片的校门已经被一截灰色的围墙和一幢办公室所替代，校门已更改了方向，以崭新的面目面向车水马龙的大东街。毛猪厂巷巷儿已经消失得无影无踪，找不到它曾经存在过的痕迹。

她站在秋天的傍晚里，面对眼前流动的人力车和各式各样的人群，回想着发生在那个初夏的往事。她用怀旧的目光抹杀掉了她所站立的大街，回到留下她哀伤脚印的那条通向校门的小路，重新站在镶满碎玻璃片的水泥柱子前，看见昊从毛猪厂巷巷儿走过来。她又沿着昊所走过的毛猪厂巷巷儿走出去，一直走到南门的田野，看到了田野上的小路、闻到了麦田的清香。还有远处青蓝色的树林，树林掩映下影影绰绰的红砖砌成的房子，那是气象站。昊的家就在那里。昊曾经站在通往他住着的那间小阁楼的水泥楼梯上，目光越过红砖砌的围墙，向她来的方向张望。

　　她站在秋天的凉风里，回想起了这样的情景。那天，昊在水泥楼梯上站立了许久，当又一个初夏的夜色降临的时候，他反身回到他那间小阁楼里，写下了他的第一封"情书"。在情书中，他用平静的语调告诉已经低他一个年级的她，他说：他就要毕业了，而他不知道他能不能升上高中，与她再在同一所学校读书。

　　昊接下来告诉她，他的父母在争吵打骂不休的数年后，可能要离婚，一旦他的父母离婚，他的母亲将会离开小县城，而他不知道将何去何从。

　　最后他说：请原谅我给你写这封信，因为我知道，我要是不给你写这封信，我将后悔一辈子。

　　"请原谅我给你写这封信，因为我知道，我要是不给你写这封信，我将后悔一辈子。"这句话读来十分眼熟，她感觉昊是从某本书上抄来的。但她将那封信烧掉以后，时间模糊了记忆，最终，她记得的，也就是昊的这句话。

　　昊的字迹小而密，却不乏端庄清秀。他是将自来水笔尖翻转过来写的，这样可以保证笔画粗细一致，还可以防止墨汁过多浸染纸张。信中的字迹因为笔画过细，可以看出轻微的颤动。可以想象，昊当初是以怎样庄重的心情来写这封信，而写这封信的时候，他的心情又是何等忐忑不安。

障碍

在她期盼与昊在校门口相遇的那段岁月里，昊洋溢着青春气息的身影和脸上羞涩的表情，曾给过她连续不断的憧憬。与此同时出现的，却是她让人感到惊讶不已的数学智障，并且到了不可救药的地步。

那一段时间，数学课对她来说，简直就是噩梦。那些植树问题、流水问题、她无法理解那些数学定理在形成之前的问题——鸡兔为什么要同笼？一只水龙头放水，放到三分之一的时候，关上了，让另一只水龙头放，再放到三分之一，然后两只水龙头一起放水为什么不让一只水龙头一次性地放完呢？

肖剑秋对她的疑问，要么是不予理睬，要么是让她起来罚站示众，她哪里是不明白，她简直是在捣乱！有一次，他竟然用他那长长的指甲啄木鸟似的开始重重地啄她，直啄得她脑浆晃荡，可她仍然保持镇定，默默地将他的举动从头数到尾。看来他小拇指上留着长长的指甲，除了抠痒之外，还可以用来体罚数学愚笨的学生。她是一个生性倔强的孩子，他每啄一次，她就在课本上记下一次，她发誓要报仇雪恨。

这一天，肖剑秋将全班数学成绩公布完以后，唯独没有公布她的成绩。

他笑眯眯地走到她的课桌前，他说：

"你在这里干什么?"

我在这里干什么? 她傻眼了。她想, 我在这里上课呀, 可肖剑秋这样一问, 她反而不知道了。肖剑秋的脸上突然阴云密布。他说:

"你站起来。"

"到讲台上去。"

肖剑秋等她在讲台上站稳后, 他宣布了她的分数。

"×××——"他清了清嗓子。"30 分!"

教室底下一阵哗然, 随后有人开始哄笑起来。

这个以第一名的总成绩考入初中, 曾一度被同学们称叹为"十项全能"的女生, 数学竟然以 30 分的成绩名列全班倒数第一。

他又笑眯眯地说:你可以不用听我的课了! 你出去吧!

她只觉得血液在往上涌, 但她判断不出来她接下来应该做什么, 于是她回到座位, 就那么呆呆地站在座位上。

肖剑秋仿佛把她忘了似的开始了他的讲课。他在黑板上写道:

定理:A = B   B = C   A = C

她冷笑:A 与 B 的意思是两码子事, 既然完全不同, 那么 A 就不能等于 B, 更甭说与 C 相等了。硬要成为一个等式, 那么就只能说 A = A, B = B。如果说 A 等于 B, 那么就是个不折不扣的谎言和骗局!

肖剑秋在黑板上写完字以后, 将粉笔扔进粉笔盒, 然后总算抬头看了她一眼, 说:

"你怎么还不出去?"

她开始还做好了与他展开激烈争论的准备, 但随后, 她看见他那让人捉摸不透的眼神, 便收起了与他争辩的心情, 努力地将快要盈出来的眼泪收回眼眶。她很快收拾起自己的书包，颓然离去。在她离开教室的那一瞬间，她向坐在最后一排的昊看过去，只见他心事重重地望了她一眼，迅速地将眼睛看向黑板。

这时候，众多的目光都在朝她望去。肖剑秋不温不火的残忍再次让他们不寒而栗，兔死狐悲的气氛早已在教室弥漫。

肖剑秋两手支在讲台上瞪着下面说："看什么看？四季豆不进油盐，老马不死旧性在！"

他们不知道，肖剑秋是在骂她呢，还是在骂看她的自己。

她的母亲在告发了贺老师的行为后不久就惊恐地发现，她的女儿开始了严重的数学学习障碍，真不知道有多忧心。于是她想尽办法请来一位家教给她恶补，结果仍然无济于事。这位家教使出浑身解数，企图让她明白流水问题、鸡兔同笼以及 A 为什么要等于 B，B 为什么要等于 C，最终 A 等于 C 的解题窍门，可是他左解析右解析，她依然断电，于是他又拿来跳棋、小木棒、石子等具象地为她讲解，她仍然大惑不解，完全是转世老僧入了顽空定，脑子里一片虚空，怎么都无济于事了。

尾声

就在这一年夏天，她那个远在山村教书的父亲回到了她们的身边。他的政治问题在那个时段得到了真正的解决，也就是所谓的平反或摘帽子。

他要回来的消息传来后，她的脸上出现了幸福的笑容，但只是那么一瞬，就像昙花一现。父亲回来的那晚，她听见了父亲的哭声，他的哭声将她正在经历的痛苦和灾难变得具体，像一枚钉子那样，将痛苦敲入人的身体，使之刻骨铭心。它也可以使我正在讲述的那些平淡无奇的事件的背后有着一些惊心动魄的力量。否则我无法说清楚那个身材魁伟的男人为什么要痛哭，而像他那样的男人一旦哭泣起来，会让人肝肠寸断，心如刀绞，他流出来的眼泪好比他流出来的血，如不是真的心痛，那血是绝不会流的。

就这样讲着她的故事，是因为我的血管里奔涌着她的血。是因为那些故事的零星片段反复地出现在我的梦中，我现在不写下来，它们可能在往后就是另一个面目了。她的渐行渐远的背影中有一道秘密的伤痕留下来。留给我。我知道，我会在一个必然的时刻，像悟出天机一样悟出一个人的命运，关于时代与个人的命运、关于爱情与生命之谜、关于生命深处的秘密和悲凉。最后，只留下人自己，顽强地站立着。

然后我耐心地等待太阳的升起。

有时候温暖就是真理。

我写下它们，并将把它们献给那些在时间之谜中得到过真理或触摸过历史的人。

2007 年 8 月 15 日—9 月 6 日

回闪和定格

童年常常在我的梦中萦绕，我经常在梦中回到儿时玩耍的地方，也经常在梦中遇见我的小伙伴们。那些在日常生活中从来想不起来的人，这时候也会来到我的梦中，与我相会。

我想，这是为什么呢？为什么我会在现实中与他们永别，却在梦中与他们纠缠不清。是梦在安排着这一切吗？李贺说，天若有情天亦老。看来天是有情的。所以人也是在一场一场的梦中不知不觉地慢慢老去。

不知为什么，回首过去的时候，我的脑海里总有音乐在起伏回荡，像大提琴拉出的声音，它是舒缓的，低沉的，也是忧伤的。这么多年来，我从未认真地梳理过我的童年生活，也从未对人说起过它们欢乐背后的忧伤。我想比喻它的颜色，我看见它是黑白的，像一场场黑白电影的片段。我想比喻它的味道，它们却是五彩缤纷的。那么，就让我的童年生活随着我的文字慢慢地清晰起来，大多数时候，它们可能是散乱的、是断断续续的。

我的老家在四川省崇庆县（现已改为崇州市），那里是一望无际的平原，我在那里出生，到我 4 岁的时候，我就随我的母亲来到了四川省凉山州冕宁县。我对崇庆县的记忆，也就是 4 岁之前的记忆，仍能闪现出一些零碎的片段。我的外公家在乡下，我记得有一次我和我的外公走在乡村的田埂上，迎面碰到一大群狗对着我们汪汪狂叫，我吓得大哭，外公斥退了狗，把我扛在肩上，我才止住了哭声。

我记得我的母亲带着我住在县城一个叫城关镇的地方。那里好像公园，有亭子，有水池，院子里还有好多的柑子树（后来母亲告诉我，城关镇的隔壁就是公园）。关于那里的记忆，是一次受伤，我记得一个小伙伴用一块打碎了的瓷碗的碗底狠狠地砸向我，我现在还记得他咬牙切齿的模样，但却记不清他是男孩子还是女孩子了，我只记得我离他很近。我的眉骨流血了，流了好多，我凄惨地哭着，可是我的妈妈却一直都没有出现在我的身边，来平息我的恐惧与不安。只记得一个大姐姐不停地用手帕给我擦着流出来的血，还记得那块手帕是白色的。后来的事记不清了，只是长大后妈妈告诉我那时她去乡下办公室了。到现在我的眉梢处还有一个伤痕，被眉毛盖住了，不仔细看是看不清的。

母亲告诉我，我是在城关镇学会使用筷子的，那时我特别想吃肉，而母亲要求我必须用筷子才能吃。她不帮我，也不同情我，我没办法，情急之下就学会用筷子了。我对在外公家乡下的生活，几乎想不起什么来了，可母亲告诉我，那时我长得特别漂亮，嘴很甜，特别讨人喜欢，所以左邻右舍有什么好东西第一个想到的就是我。直到上了高中，我的母亲都还在说，怎么现在变得那么不会说话了呢？真是越来越笨了！是啊，上高中的时候我变得沉默寡言，也非常倔强。

在我4岁前的记忆中几乎没有父亲，是的，那时的父亲一直没在我们的身边。他一个人在凉山州冕宁县川剧团工作。直到我

4 岁的时候我的母亲调到那里，从此开始了一家人的团聚。我的父亲生在成都，长在崇庆。我的父亲生在一个军阀家庭。在他 8 岁的时候，他永远地失去了他最亲爱的妈妈，就是我没有见过面的奶奶，从此他的人生也变得坎坷，充满了痛苦。

我的爷爷游手好闲，直到把家败光。他跟我父亲之间的关系一直很紧张，几乎没有来往。我的父亲 13 岁就在社会上混，没有娘的孩子，名声也不好。他自小很有绘画天赋，一直靠为别人写字画画为生，据后来他自己和他的朋友说，那时他经常泡茶馆，有人自会找上门来找他去写字画画，当然有一搭没一搭的，他常常是穷困潦倒。再后来靠朋友的家庭接济，在广汉一所师范院校读完了书，后来到崇庆县文化馆工作。那时他遇见了我的母亲。

我的母亲当时在县上非常优秀，是县里重点培养的干部，而且我的母亲远近闻名的漂亮，我的父亲出身不好，他们的相爱受到了很大的阻挠。甚至于我的父亲被县文化馆所不容，他只好在朋友的介绍下来到凉山，在冕宁川剧团担任美工。

冕宁县在凉山彝族自治州，那是安宁河畔一个多山的小县城，主要居住着汉族和彝族，以汉族为主。那时的彝族还没有汉化，还完全穿着他们少数民族的服饰。成年的汉子头戴英雄结，披着黑色的查尔瓦，穿着普蓝色的大脚裤，裤子肥大得就像女子的裙子一样，成年的女子也穿着百褶裙，但是色调却以蓝色和黑色居多。

父亲在川剧团时我的记忆里只有一个叫吴爸的人，那是他的同事，吴爸每次见了我，都会给我一分钱或者二分钱，我可以用它们买一块棒棒糖来解馋，所以那时我非常喜欢吴爸。再有就是到县委大礼堂看戏，在我的记忆里却从来没有川剧的影子，只看见跳舞，有洗衣舞，内容就是藏族妇女给解放军洗衣服。还有火车开到大凉山。记得一个扮演彝族的阿姨把头帕跳掉了，露出两根辫子。她很不好意思地跑了。舞台的布景就是我的父亲画的幻灯。放出来很美。记不得那时的我有多大了。

后来我的父亲调到了县文化馆，文化馆有长征纪念馆，有一间毛主席住过的房间，那里面有毛主席的塑像，很高，是白色的，我经常很无聊地围着它转来转去，摸它光滑的外壳。还有毛主席写字的桌子，睡觉用的床。我的父亲经常在那里画油画，我们吃饭也在他画画的地方，到现在都想不通为什么在那里吃饭，反正一在那里吃饭我就吃不下去，因为我闻不惯那里的油画颜料的味道。那里有很多银圆，是红军路过彝区时留给当地老百姓的。我很想拿一个当玩具玩，可是不敢。

后来的记忆就是我们全家住在一个叫县联社的大院里，为什么叫县联社呢，因为那是由几个单位组合而成的大院，有日杂公司、农资公司和生资公司三家单位，我的母亲调来后就在日杂公司当会计，会计这个职业陪伴了她的一生。还有的记忆就是当时我穿得很漂亮，跟当地的小朋友们不一样，她们没有裙子穿，而我却有两条很漂亮的裙子，一条是绿色带粉红点点花的，一条是几何图案，白底子，都非常漂亮。

两条裙子都是连衣裙。在当时，那么漂亮的裙子在那样的地方还是很少见的。记得那条绿裙子有一截袖子，像两只花蝴蝶，随着我的小手的摆动上下飘飞，应该是美丽极了。可是每次穿这条裙子的时候，旁边不管是大人还是小孩子都会笑着指着那里说："瞧呀！她的猪耳朵！"

我一听不乐意了，开始妈妈还安慰，到后来我就干脆不穿了。对另一条裙子的记忆是我和我的父亲从西昌坐火车回泸沽，车到漫水湾车站的时候，父亲就指着车站的标语告诉我说，那是漫水湾。那时我正在吃一只通红的番茄，我一抬头就把番茄红红的汁水弄到我的白裙子上了，正好在胸口的部位，那红红的汁水，以及我举着番茄不知所措的那个情景一直那么清晰。

我的父亲喜欢带我出差，但我们走得最远的地方就是西昌了。那里夏天凉爽宜人，每天傍晚我的父亲会带我去散步，父亲会为我买一种叫作"芡实糕"的糕点，在那个年代应该算是比较高级的食品了。我喜欢用开水把它冲化调成稀稠的糊糊来吃，因为一块可以调到一碗。我的父亲还是一个浪漫的人，每当我们看见路边有芦苇，他都会用小刀削下一根，削短带回去给我调糊糊，让我觉得非常有趣，也非常过瘾。这些应该是5岁时候的记忆了。

再后来我就有了妹妹，我的妹妹小我5岁，她来到我们身边的那一天早晨，我都记得十分清楚。那一天我在外面玩，外面的人告诉我说你有妹妹了，还不回家看看去。我兴奋得不得了，飞快地跑回家。我看见我的妹妹戴着红红的帽子，帽檐上还有两道白色的条条花。我的外婆来冕宁带我的妹妹，然而遗憾的是那段生活我却一点儿都记不清了。只看见外婆和我们的全家照，照片上我的外婆抱着我的妹妹，她那时非常小。不久，我的外婆就回崇庆了。我只回去见过她一次，就再也没有见过我的外婆了。

我记得我妹妹出生的时候我在读幼儿园。幼儿园在城的东门，走完东门还要再走一条很长的泥巴路，几乎要走到郊外了。好在路经常是干的。幼儿园很美，大门口有当地居民种的蔬菜。进去后在教室外面有大木马，还有水泥做的滑滑梯，很好玩。到处是绿色的草坪，我们经常在草坪上做游戏，记得我们最爱做的游戏就是"丢手绢"。

县联社就在离钟鼓楼不远的地方，钟鼓楼就是冕宁四条街的交界处。我们在北街。大多数时候都是我自己去上幼儿园，记得有一次和一个叫郑三娃的小朋友一起去。他家比较富裕，他的爸爸在县委工作，生活要比我们好得多，他们家经常有炒鸡蛋吃，而我们只有到生日的时候妈妈才给煮两个。平时我们爱收集糖纸，而收集的糖纸就他的花色最多，数量也最多，还有烟盒什么的，都是他最多最好，我记得最清楚的就是大前门的烟盒只有他才有，这让他很气派也很骄傲，玩打仗游戏的时候，他扮演李向阳的时候最多，除非他自己想当松田了。

一路上他吃一只香蕉，冕宁是不产香蕉的，他吃香蕉很让人眼馋。他自个儿一路吃着，吃了好久，他一边吃着一边和我一起不停地回过头去看那只扔在路上的香蕉皮。路上几乎没有别人，我们可以一直看得见它躺在那儿，一块小小的黑乎乎的影子。直走到看不见为止。

到现在我还记得我幼儿园的老师，一个姓张，一个姓卓。她们的模样到现在我都还记得。张老师长得清秀，卓老师长得憨愚，按现在的话来说就是有点儿土。可我喜欢卓老师更甚，因为她对我十分亲切。我在幼儿园的时候是自己带被子。我的枕头是绿色的，被子是大红色的，上面有延安、延河水，还有大桥和宝塔山。我很多时候是睡不着觉，睁着眼睛看旁边的小朋友。有一天午睡起来后，妈妈就来把我接走了，从那以后我就再也没有回到幼儿园。

原来妈妈要我回家带妹妹，我既兴奋又好奇，妈妈用一个"布背背"把妹妹捆好，然后从我的肩头绕过来又从身子绕过去，把妹妹和我捆在一起，这样妹妹就在我的身上了。妹妹好沉啊。可我还是很开心，我想，我要把我最喜欢的东西送给妹妹，于是我就想进屋去拿那本我最喜欢的书，那本书的名字叫《我爱北京天安门》，是一本彩色的图画书。可我的家门口有一个台阶，当我背着妹妹想迈上台阶的时候，很吃力，身子还有些偏偏倒倒的了，这一下吓得我妈妈和旁边的阿姨赶紧把妹妹从我身上解开放下来。

真是阴错阳差，得感谢我热爱的北京天安门。从那以后妈妈就再也没有让我背过妹妹了。要不然我会像当地的小孩子一样背上背着一个妹妹度过童年的。

后来爸爸也经常出差，但那时他已不再带着我了。他去的地方总是在大山里。有一次，他回来后抱着妹妹念着歌谣：骑马马，走江口，进泸宁，买黄果。逗得妹妹很开心。他说的这个泸宁是冕宁县的一个区乡，离县城要坐 6 个小时的车，要坐船过江，这条江的名字叫雅砻江，然后再翻过一座叫"老来穷"的山，才到泸宁区上。没想到这个地方后来与爸爸以及我结下了不解之缘。这是后话，爸爸还经常去拖乌山上，有一次他带回来一大口袋青苹果，差点儿没把我们的牙齿酸掉。

爸爸在文化馆工作的时候，经常给我们院子里的大人小孩子画肖像画，直到他回到冕宁中学教书后一心钻研教学，后来就很少动画笔了。爸爸高兴的时候，就给我们小孩子做玩具玩，记得有一年过端午节，他吃过饭后就把小朋友召集在一起，然后用硬纸壳给我们每一个人做了一副面具戴上，根据每个小朋友的要求或画成老虎，或画成大灰狼等等。让我们好开心啊。爸爸还常常把幻灯机拿回家，给我们放幻灯片看。

后来我就上小学了。我特别想上学。去报名的那天我记得下好大的雨。我们穿着雨衣，街道上的雨水哗哗地淌着，我们把裤腿挽得好高。我们到学校的操场以后，操场上也有好多的积水。大雨哗哗地下着，积水上溅起一个一个的圆泡泡。

上小学一年级的时候我们分普通班和三算班，三算班要学珠算。当时我分在四班，我喜欢我们班主任，因为她长得漂亮，跟现在的李谷一一样，虽然那时我没有见过什么李谷一，但特别喜欢漂亮的老师，没想到我才在四班读了几天，妈妈就把我转到二班去了，因为二班是"三算班"。我一看二班的老师不漂亮，心里好委屈，不想在二班，可妈妈没理我。我就在二班一直读到小学毕业。

读一年级的时候，看到别人跳橡皮筋，我也特别想跳，但是没有，怎么办呢？就把家里高压锅用的密封圈拿来剪成更细的条条，打了好多的结，做成了一根很秀气、也特别短的绳。到了学校，几个小朋友开心极了，大家在一起跳，可没跳两下，绳就断了。因为这种胶圈根本没有弹性，一点儿都不能受力，怎能用来跳橡皮筋呢？我们好失望。现在想起来真是太可笑了。不知是到几年级，我和妹妹都有了最好的橡皮筋，黑黑的，切得十分均匀，好长好长，只有一个接头。是妈妈想办法给我们买的。从那以后，我再也没有见过比我和妹妹更好的橡皮筋了，我一直为我的那根橡皮筋感到骄傲，因为有了这根橡皮筋，我的绳也跳得非常好，而且小朋友们也喜欢跟我玩。

我们上"三算班"也只上到二年级。上学的时候，我们两个班的同学要比别人多背一把算盘去上学。那时候根本没有现在这样小的算盘，都好大，是大人用的大算盘，没有办法把它放进书包里，都是在算盘上系上绳子，背在肩上。这样一来，就有趣了，在上学的路上，你就可以听到算盘随着小朋友的跑动而发出的稀里哗啦的声音了。

上小学一年级之前我一直特别喜欢画画。我会画一个小朋友在那里写字，她的旁边有一棵柳树，柳树下还有一个水池，水池有几条金鱼在那里游来游去。要不就是一个小朋友在做作业，她的背后有大柜子，上面有一个水瓶，一个杯子。她写字的桌子下面有一只小鸡在吃粮食。要不就是一个小朋友梳着两只羊角辫，傻傻地举着两只手，我不知道她的手该放在什么地方。

后来爸爸就拿来一本连环画的小人书，要我照着上面画，画哪一页，自己选。我一看不行，太难，不画，还差点儿哭鼻子。爸爸要我必须画，还教了我比例什么的。人体各部位的比例，以及五官的比例，等等。我就只好乖乖地画了。

第一张画的是一个跳台运动员。他有着国字脸，浓眉大眼，只穿游泳裤，露出结实的身体。他一只手高高地举过头项。他在笑。他的身后不远的地方是跳台。我怀着不安的心情画完了这张画，以为爸爸会骂我，说我画得不好，没想到爸爸看到我的画后高兴得合不拢嘴。于是就叫来其他的叔叔阿姨都来看，大家一个劲儿地夸我。我很是莫名其妙，只是觉得大人不必那么高兴。

临摹的第二张画是一个矿工。他戴着矿工帽子。这是一幅人物肖像。这张画应该是我小时候画得最好的一张画了。这张画画好后，爸爸又兴奋得叫来我们隔壁的沈伯伯来看。他们连声惊叹。后来我才知道，当时我临摹的范本，是人家考美院用的素描练习范本。

2005 年 3 月

山寨

羽童的钢笔画

去意彷徨

该逝去的，已经去了，可有一些逝去的，还回过头来张望……

"眼镜妈"和他的苹果树

我很小的时候，跟着爸爸妈妈住在一个小杂院里，院里住着几户人家。我们刚搬进去的时候，小院里那棵苹果树开满了花，蛮好看的。我很喜欢那棵苹果树，常常坐在阶檐上呆呆地看着，天天巴望着那树上的果子长大成熟。

我和我们隔壁的心子姐姐一起耍的时候，还念念不忘那棵苹果树。有一天，心子姐姐对我说："小花篮，别傻望了，那是穆伯伯家的苹果树呢。"

"谁是穆伯伯啊，就是那个戴眼镜的画家伯伯吗？干吗爸爸妈妈都喊他'眼镜妈'呢？"

"他又当爹又当妈呗！"

"穆玲姐姐没有妈妈吗？"

"嗯。"心子姐姐点点头，有些难过。

"眼镜妈伯伯的苹果长大了，会给小花篮吃的。"我说。

"不，穆伯伯家的苹果从来没人吃，我们每一个人都不吃，这是规矩。"

然而苹果还是一天一天地红透，我虽然天天都要看苹果树，但往日的那份幻想已经消失了。我知道了苹果树是眼镜妈的女人栽的，听心子姐姐说，那女人可漂亮了，那张脸盘靓得赛过阿格拉玛山脚下的七里香，后来竟跟别的男人跑了，十多年了，没有一点儿消息，她走的第二年，苹果树就结了果，那果结得真好，鲜红透亮。可是眼镜妈从来不碰它一下，院子里的每一个人都不碰它一下，就连陈疯子也不碰它一下。每一年的苹果就这样红透又掉落地上，任它烂掉……

有一天刮大风，紫红的苹果落了一地。我偷偷地捡了两个来吃，结果当晚就闹肚子。眼镜妈跑来看我，对我说："小花篮，有些东西看起来虽然好看，可它是靠不住的。"

我似懂非懂地望着他。

雀儿和她的哥哥

我们院子里来了兄妹俩，哥哥 17 岁，妹妹和我一样大。他们的爸爸妈妈都被打成了"反革命"，他们从很远的地方来，住在那间外婆死后留下来的老屋里。

他们从来不跟我玩儿，也不跟院子里面的人搭讪。我每次去找他们玩，他们总是躲进屋子不出来。我不知道哥哥的名儿，只知道妹妹叫雀儿。

雀儿的哥哥每天夜里都出去捉黄鳝，用铁丝穿着，好大一挂呢。每天早晨，雀儿的哥哥就在他家的土墙上抨一块木板，一面恶狠狠地剖黄鳝，一面恶狠狠地瞪着看他干活儿的眼镜妈。

有一天，我发现我们家喂养的那只小油鸡死掉了，爸爸说，一定是兄妹俩用黄鳝的骨头喂过它，不幸遭铁线虫了。我伤心极了，我恨透了雀儿和她的哥哥，可爸爸说，他们原是起的好心，他们也喜欢小油鸡的。

　　爸爸和我在苹果树下埋小油鸡的时候，雀儿跑出来盯着小油鸡看了一会儿就放声大哭起来，后来雀儿的哥哥也跑出来了，他和我们一起埋掉了小油鸡，我们给小油鸡垒了一座坟。

　　后来，雀儿跟我一起耍的时候，她哥哥也不来拖她走了。

　　有一天，雀儿高兴地对我说，她哥哥说了，要给我们院子里每一个人都弄些黄鳝。她哥哥说了，我们都是好人。雀儿笑起来真好看，脸上有两个酒窝。

　　那天晚上，我梦见了雀儿的哥哥，他捉了好多好多的黄鳝，我和雀儿高兴地跳呀跳呀。

　　这天晚上的梦却被一阵敲门声惊醒了，爸爸被眼镜妈慌里慌张地拉出去了，当然，院子里几乎所有的人都爬起来了，拥到了雀儿家的那间老屋。

　　雀儿的哥哥在捉黄鳝时被搞武斗的人发现了，他们疑心他是另一派的探子。于是雀儿的哥哥背着很沉的黄鳝没命地逃跑，结果中了一枪，被那些人抬回来了，因为他快死了。

　　"我……我妹妹……"雀儿的哥哥看见爸爸后，说了最后的话，就咽气了。

　　我们把雀儿的哥哥埋了，埋在安宁河畔。我们也给他垒了一座坟。那坟上一丛丛的蓝色的乌豆花，就像雀儿哥哥那双圆圆的眼睛。

　　后来，雀儿被人接走了，至于谁带走了她，又到了哪儿，爸爸没告诉我。

心子姐姐

心子姐姐的爸爸死了，是在雀儿的哥哥死后不久死掉的，心子姐姐的眼睛都哭肿了。

心子姐姐的爸爸患的是肝癌，他病发的时候总要打心子姐姐，把心子姐姐的背捶得紫一块青一块的。然而他还是死了。

心子姐姐长得非常好看，圆圆的脸蛋像中秋皓洁的月亮，两只大眼睛像两泓深潭，在那里，可以找到调皮的小花篮。心子姐姐乌黑的发辫一直拖到腰杆，当心子姐姐走路的时候，它就在后边一甩一甩的，多好看啊！

心子姐姐的爸爸死后，心子姐姐就不爱跟小花篮玩了，小花篮没有了小油鸡，没有了雀儿，也没有了心子姐姐，小花篮感到伤心极了，再也没有比这更让人伤心的事。

可是，小花篮的妈妈却说，心子姐姐恋爱了。

小花篮不懂恋爱是什么，一点儿也不懂。

有一天天很黑了，小花篮跑出来看星星，看见了苹果树下的心子姐姐，心子姐姐被一个男子搂在怀里，那个男子亲着心子姐姐。小花篮害怕极了。

从此以后，小花篮再也不睬心子姐姐了。

终于有一天，心子姐姐要嫁到远方去了。心子姐姐临走时，专门来向小花篮告别，递给小花篮一块好看的手帕。可是，小花篮始终垂着眼皮，没对心子姐姐说一句话。

心子姐姐终于走了。小花篮看着那块印着一个穿红衣服提着小花篮子的小女孩的手帕时，终于抑制不住地放声大哭起来。

陈疯子

第一次见到陈疯子，小花篮着实吓了一跳。

从来没有见过这样子的一个人，身上穿着一件类似屎黄色的衣服，那种无法形容的触目惊心的黄颜色，小花篮看了一眼之后，至今都无法忘记。而那件衣服，又是几十块大小不等的同一颜色的补丁组成。那些补丁，被细细密密的针线穿缀着，庄重而有序地布满全身，以至于使穿着它的陈疯子，显得有一些笨拙和臃肿。

那是一个晚上，深秋抑或是深冬。小花篮手心里捏着两分钱的硬币，在钟鼓楼徘徊，那里有好几个贩子老婆婆在卖小孩子嘴馋的零食。在那样的寒风萧瑟的晚上，人迹虽然稀少，但总有居住在附近的小孩子们，时不时地拿着一分、两分钱跑出来换零食吃。那些老婆婆一通排地坐在路灯下，怀里抱着一个烘炉儿，寂寞地守候着，可以守到很晚才收摊。已经很晚了，小花篮决定用两分钱换一瓶盖的葵花子，就在这个时候，她看见了陈疯子。

这个满身缀满补丁的年轻的女人，提着一个褪了颜色的布包，她来到摊前，显然想买些东西，但她东张西望的，神情好鬼祟。小花篮被她幽灵般的显现，吓得拔腿就跑。

爸爸告诉小花篮，她就是住在院子里木楼梯下面的一扇小门里的陈疯子。

关于陈疯子的身世，似乎无人知晓，这是一个几乎与世隔绝的人，她被关在那个让人漠视的楼梯角里的木门里，很少出来，就像一只猫和狗似的引不起人们的注意，人们也似乎忘记了她的存在。因为那屋没有窗户，永远无法看见那里头是否有亮光。人们不知道她是怎样吃饭，怎样睡觉的，只有里面的一些响动，尚可知道她还活着。

然而，就在这深冬的某一天，这扇门里边却传来了一阵时断时续的歌声，歌声是那样凄美，小院一时间停止了喧闹，似乎都在屏气聆听这动人的歌声。

苹果树又开花了，开得多好啊！小花篮记得那是 1977 年，那一年，她背上了新书包。

那年春天，陈疯子被一个中年男子接走了。后来，才听说陈疯子原来是某个歌舞团的演员。

1988 年冬天于泸宁锦屏山下

忆我的老师沙鸥

我和沙老从认识到他收我为他最后一个学生，完全是十分幸运的机遇。

那时候，我正在凉山州冕宁中学读高中三年级，我是学校"五月文学社"的副社长。我们的文学社是全国颇有名气的文学社，拿过"春笋全国青少年文学大奖赛"小说一等奖、诗歌三等奖。到南京领奖时全国好几家报刊和电台、电视台都做了报道。以后的时间里我们也还拿过全国的、省级的几个奖，在全国著名刊物上发表了不少作品。我当时的小说、诗歌只发表在《凉山文学》上，发表在海外的作品是以后的事了。

这个文学社的指导老师便是我父亲。我父亲是高中语文教师，也是"中国作家协会四川分会"会员（现在叫四川作家协会）。我的父亲出版了一本散文诗集《复瓣的雏菊》，寄给沙鸥后，沙老写了一篇评论叫《五色花》，发表在《凉山文学》上，后来收入沙老的论文集《沙鸥谈诗》。文中对父亲散文诗的评价是"奇与美"。收到刊物后父亲把沙鸥的评论给我看，并告诉我说沙鸥是一位了不起的老诗人，新中国成立前便是"春草社"的诗人了，新中国成立后编辑《大众诗歌》《诗刊》，作品成集的都有二三十本了。沙老的诗，我以前经常读到，十分神往，经父亲一谈，我更加注意沙老的诗了，心想，如果有一天能见到沙老，请他给我改一改诗多好！

这一天终于到来了。

1987年5月的一天，父亲告诉我："沙鸥要来冕宁，我请他给我们文学社讲一讲诗，你发个通知，组织一下。"我听了十分高兴。

沙老是星期六那天和《凉山文学》的编辑胥勋和一同来的，随行的还有他的妻子邓芝兰。当天他们去了彝海子，由冕宁县委派的车。他们在彝海照了不少照片。下午回来的时候，便坐在我家客厅里喝茶，虽然很疲倦，但谈兴很浓。那一天，沙老穿着一件蓝色的中山装，洁白的衬衣，外衣的袋里装着一个笔记本。

他们谈的多是文艺理论。我记得他们一下子扯到了诗的定义。我父亲说："给诗下一个定义已经有许多种了，没有哪一种定义能得到绝大多数人的赞成，真是一大难题！我自己也试着想了一个定义……"沙老说："你说说看！"父亲便说："诗是'主体与客观世界情感观照的语言表象'，您看怎么样?"沙老听了沉吟了一下，立即高兴地说："好！基本成功！就是……你得把什么样的语言表象说得清楚就更好了。"父亲说："我就是突破不了这一点，要是我能在'语言'的前面再准确地界定一下就好了。我都想了好几年了。"沙老说："没关系，我们俩共同来探讨它。"他说得很高兴，在客厅里踱着步。一旁的胥勋和说："诗，就是节奏，这便是我的定义。"后来，又谈到小说，沙老对我父亲说："你写小说要学张恨水那套，不断地挽'结'，不断地解'结'，读者翻开你这本小说，从任何地方都可以看起，都能看到相对完整的情节。"父亲说："这和报纸连载有关吧?""是的，也借鉴章回小说的技巧，但这样做好。"说到张恨水，沙老又讲起他和张恨水的交往。沙老和张恨水交往很深，解放上海时，张恨水贫病欲死，沙老及时赶到，连忙把情况报告，并立即把张恨水送往医院，还拨给他一份供给……

第二天是星期天，早上8点钟文学爱好者便云集在高三年级文科班教室走廊。不到9点钟父亲便和胥勋和陪同沙老来了。沙老讲了两个多小时，胥勋和老师也讲了，并当场作诗。大家都受益不浅。讲座完后，有好些文学爱好者都跟着来到我家，争着和沙老谈话。我向沙老汇报了我们文学社的活动情况，沙老听了十分高兴，又叫我拿出我的作品给他看，沙老看得十分仔细，我在一旁提心吊胆的，生怕我幼稚之作惹沙老笑话。沙老看完之后，也不看我，却面向胥伯伯和我父亲，说了一句："黄薇这个学生我收了，是我最后一个学生罢！"这句话真是让我意想不到啊，我兴奋得脸都红了。我看着周围的好些文学爱好者，他们都是父亲过去的学生，有的在县级机关工作，他们似乎想说什么，想说什么呢？他们一定也想做沙老的学生，但沙老的话已关门了——"最后一个！"略一停顿，大家才鼓起掌来。胥勋和说："黄薇，你是沙鸥老师的关门弟子了，还不给老师磕个头！"沙老慌了，忙说："不行不行！不兴这一套了，大家为证就是了。"我便给沙老鞠躬行礼。

自此以后，沙老给父亲来信都要谈及我，他是真正收我这个学生了。

1988年深冬，我在冕宁县泸宁中学做英语代课教师，忽然收到沙老的信，信中说："小黄薇，你去年11月2日的短信，今天才看见。我是去年10月底去北京的，刚回来。你父亲也来信告诉我，得知你已独自走向生活，而且又是生活在边远的一隅之地——泸宁，非常吃惊，你父亲说你生活得饶有生气，不同凡响，又真为你高兴欣喜。这一惊一喜，既说明你的转变成熟，也促使我要匆匆给你来信，以求共勉：生活土壤的肥力参差不齐，只要生命的种子有顽强的活力，在任何地方都会有生命之绿并显示勃勃生机。"

这使我想起了沙老坎坷不平的一生，1959 年，沙老经历了一劫，被赶下农村，流放黑龙江的大草甸，不久，去农村干了两年半的"四清"，史无前例的日子来临了，又当上了"黑帮"……1979 年，沙老才算有了一个工作，在一个文学刊物上当半个管家，他将后半生精力全部投入了进去，不料 1981 年，回重庆探亲，竟被坏人陷害，又经历了一生中最可怕的劫难……恩师在这几十年的风雨人生中，不就是这样去理解生活，对待生活的吗？

1989 年深冬，我就读于凉山州财贸学校。沙老还关切地问我，还写些小诗吗？他勉励我多读书、多观察、多注意把握感觉，并希望我寄些小诗给他。那时候，他十分忙，还住在重庆中山三路 132 号。可是我很懈怠，现在回想起来那是我终身之憾愧！

后来，我父亲将我在海外发表的诗寄给沙老。有一次，他给父亲的信中说："寄来的真是黄薇写的吗？如真是，那太令我高兴了。"寄去的诗怎么不是我写的呢？当然是的。

快过年了，收到沙老的信，信说：很想再次吃到冕宁的火腿。我父亲立即寄去两斤去骨的上等火腿。怕火腿在木匣中晃动，还用上好的花椒塞紧。后来沙老回信说非常高兴。

1993 年 8 月，许久没有沙老消息的父亲收到沙老的妻子邓芝兰阿姨的信（沙老曾说：不能叫"爱人"，因为我们要爱的人太多了，她是我的妻子），信中十分悲伤，得知沙老患肝癌病重在北京住院治疗。然而在此病重之下，沙老仍然坚持写完他的《寻人记》100 首。他说："说实话，我很难再写一本诗集了。一生的追求，一生的失落，临到晚年病重的时刻，还不愿把手中的笔放下，正好用《寻人记》做个句号。"他在病痛的折磨下，还一直在考虑他的《诗论》。直到生命的最后时刻，以春蚕至死之态，为中国文学的宝库倾吐着字字珠玑。

而此时，我已调至攀枝花，我得知此消息后，心情十分沉重。我祈祷命运之神能够仁慈一些，好让沙老战胜病痛的折磨，平安出院。然而有一天，父亲忽然收到黑龙江省作家协会寄来的"讣告"。得知沙老已辞世，含着悲痛，以我们父女俩的名义发了"唁言"。

1996 年，父亲收到沙老的儿子王进文先生寄来的渗透着沙老毕生心血的《沙鸥谈诗》一书，父亲寄给了我。书中有沙老对我父亲诗歌的评论。而那最后一篇《关于主体外化》，我读来感受特深，那似乎就是沙老那一年在我家和父亲、胥勋和叔叔一起讨论过的内容。书中还有许多和青年人谈诗的文章。在 417 页上，我读到了这样一段文字：（1990 年 10 月 25 日谈诗书简之二），人生就是期待，因为有期待，所以活着，因为有期待，所以失落。昨夜，很偶然地写了这么一首诗：

雨夜
孤黄的街灯
深秋在枯枝上

落着泪

一条珠线

把长街拉远了

黑郁郁的远处

    ——《末班车》

  我觉得很震动，因为我也于 1990 年写了一组诗《九月夜》，其中就有一首《末班车》，全诗如下：

末班车到的时候

小镇已涂上了眼影

街头餐厅　暗红领带

越过

等你在风中

米色风衣划起弧线

我的眼睛挂住来人

挂落许多

陌生的花瓣

等你

在眼影的背后

或许还有一辆

最末的班车

    ——《末班车》

写作的时间几乎相近，表现的情感也似乎相同。难道那段日子我和恩师的心境是相通的吗？记得当时我的那首诗是载于《安宁河文学》上的，后来也未寄给沙老。要是当年把这首诗寄给他，相信他会是喜欢的。许多年之后我才读到他这首诗，然而他却长眠于地下，我的诗，他是读不到了。抚今追昔，遥想恩师当年音容笑貌，不禁百感交集。捧着他的书，好像一位慈祥的老人就在眼前，仍然用他那不紧不慢的语言对青年的诗人讲述着。仔细想来，我哪里是沙老最后的学生呢？许多青年的诗人，不已在读着沙老的书，走着沙老的路吗？他们都是沙老的学生。但是我想说：学沙老的诗风和写诗经验本不容易，而要学他对诗执着的追求精神更难啊！

　　此时，我眼前浮现出这样的画面。在北京医院中的一位弥留的老人，安详地合上了双眼，床头柜上放着一沓稿笺和一支笔，稿笺上的墨迹还湿湿的。而此时，死神和诗神都同时在场……

　　我又想起了他的诗篇：

　　　　过往了，争春之旅
　　　　谁会长留人们记忆
　　　　她不想拾拣什么
　　　　她扫去落花

　　这是真正的诗人的去世。

　　　　　　　　　　　　　　　　1998 年 5 月 25 日

冰糕和葛根

冰糕

　　我的童年是在一个多山的县城度过的，那是一个物质贫乏的年代。童年的记忆里，孩子们吃的零食除了春天的酸杏、夏天的刺梨、冬天的"葛根"外，似乎没别的东西可以吃到了。糖在那个年代是奢侈品，至于冰糕，只是听大人说起过，却连见都没有见过。

　　读小学一年级的那一年夏天，终于吃了一次冰糕。那一天，不知从哪里开来了一辆大卡车，停在钟鼓楼，车上站了人在那里大声地吆喝："快来买呀！白糖冰糕。甜掉牙的白糖冰糕。"随着吆喝声，四条街的人从四面八方赶来把卡车里三层外三层地围了个水泄不通，妈妈和邻居的叔叔阿姨们也赶紧跑去买，也不知娇小纤弱的母亲从哪儿来的那么大的力气，从人堆里挤进去又挤出来，终于买到了两支冰糕，气喘吁吁地递到我和妹妹手里。我从来没有见过这么奇怪的东西：方方的一个小砖块，一头大，一头小，晶莹剔透，玲珑可爱，只消看一眼，就沉醉不已。轻轻地吸一口，啊，那个甜呀，那个凉呀，从嘴里一直沁到心里头。

打那以后，不管我们怎样地翘首盼望，白糖冰糕却再也没有来过。吃冰糕的感觉，却从夏天一直延续到冬天，在我稚嫩的智慧里，我已经有了这样的经验：到冬天，就可以自己动手做冰糕了。

　　天渐渐地冷起来了，窗外的风呼呼地吹着，打着呼哨，但我放在窗外的那碗水却怎么也结不上冰。我和妹妹在木盆里将冻得冰凉的小脚丫烫得通红后才爬到床上去，临睡前，我便不厌其烦地问母亲："妈妈，你说今天晚上冷不冷？"妈妈安慰我："冷，好冷呀！"我便欣慰地闭上眼睛，听着窗外风刮起尖锐的口哨声，惦记着我重新放在窗台上的那一碗水，那碗水里面已经放了一点点白糖，还有一根细细的棉线，那根线从碗里一直拖到碗沿外。我想象着白糖水结成冰的样子，不知不觉地进入了香甜的梦乡。

　　这一天还不等我起床，母亲就在窗外叫我："小薇，你的冰糕做成了！"妈妈的口气好兴奋。我赶紧起床，跑到窗前，那一小碗水已结成了冰！用手将那根红红的棉线轻轻地一拎，整块冰就从碗里轻轻地跃起，沉甸甸地在空中荡来荡去。啊，这是一支多么可爱的冰糕呀，一个半圆形的、晶莹剔透的"冰糕"！用舌头轻轻舔一舔，淡淡的甜味伴随着丝丝凉气，一下子就沁到心里。冬天吃冰糕的滋味真不知该怎样形容，虽然冷得没法吃，却丝毫没有打击我的热情。我执意要带着"冰糕"去上学，母亲也没有反对我，我以为只有我一个人做出了冰糕，谁知道上学的路上走着那么多背着书包的小孩子，一个个手里都拎着一支"冰糕"，大家你打量着我的"冰糕"，我打量着你的"冰糕"，嘴里不住地发出赞叹。这些冰糕都有一个共同的特点，那就是几乎是半圆形的，都用一根细细的线拎着。啊！那个夏天的白糖冰糕，不知晶莹了多少孩子的梦！

后来那个冬天的"冰糕"队伍越来越大,"冰糕"也越做越大。有脸盆那么大的,圆圆的、薄薄的一大块;还有不规则的,用稻草穿着,灰乎乎的颜色,那是农村的孩子从田野走过时,用冻得通红的小手从水洼里抠出来的。哦,不管是什么样的"冰糕",在孩子们眼里,都是一个梦,一个晶莹剔透的梦。

葛根

"葛根"是我小时候常吃的零食。叫它"葛根",是因为它是一种植物的根茎。挖掘者的辛劳和根茎的长势决定了它的长短粗细。而吃的时候需要用刀片成薄薄的片,一片一片地放入口中,一股股黑黑的、浓浓的苦中带甜的淀粉汁液会随着你慢慢地咀嚼而变得清香满口,吃完后,舌苔和嘴唇会变成黑褐色的,谁要张口说话,定然知道他是吃了葛根。大人们看见小孩子黑黑的嘴,不但不会呵斥,反而会加以赞赏:"吃葛根好,吃了清热!"于是小孩子拿零钱吃葛根,大人看见了,也会取一两片来送到嘴里。

葛根虽然不是特别好吃,但却是我童年吃得最多的零食之一。吃葛根的经历,便是成长和智慧的历程。因为每一片葛根,都是甜中带苦,苦中带甜的,没有绝对甜味儿的葛根,也没有绝对苦味儿的葛根。淀粉多一些的,味道相对要甜一点儿,小孩子叫它面葛;淀粉少一些的,甚至没有的,孩子们便叫它"鱼葛"。就是这种时苦时甜,苦甜参半的植物,教会了孩子们去选择、去辨别、去舍弃,甚至等待,等待一阵辛苦咀嚼过后的那一丝淡淡的回甜。

像葛根这样的东西是进不得大雅之堂的,所以它不会在商店里卖，也不会在菜市场出售。卖葛根的人一定是早就约好了地方。他们必定在四条街的交界处——钟鼓楼或是小学校的门口摆摊。摆摊是 20 世纪 90 年代后市场经济时代才有的新名词。在我的童年时代，像葛根这样的东西卖起来也是挺复杂的，该不该说成是摆摊呢？卖葛根的人往往需要一个背篓，把它放倒在地上，葛根的一头就躺在里面，而另一头则贴上一块木板，卖葛根的人坐在一张小凳上，手持一把锋利的菜刀，只等我们走到面前，蹲在地上边打量边说，"尝一口！"于是卖葛根的人便把菜刀轻轻一抹，只一下，一片薄薄的葛根便粘在菜刀上，用手轻轻一揭，放在嘴里尝一尝，然后决定买还是不买。如果要买，便问你："买零的，还是整的?"我们必定会思忖一下，是切薄的好呢还是切整块的划算？……然后下了决心："一分钱，切零的吧!"那人便"喳喳喳"地切七八下或十几下，要看葛根的粗细而论。待菜板上叠起那么小小的一堆后，便不再切了，而我们小孩子却不甘心，每每要央求道："再添一点儿吧！再添一点儿吧!"那人便又切下一两片，然后买的人才心满意足地拢到掌心，拿去一片一片地吃。有时候觉得卖葛根的人大方，片得厚，便说，要整的，那人便痛快地切下拇指厚那么大的一块，当然最后总是要添一两片的。

2003 年 12 月

养猫记

麻猫

这是一个十分安静的家庭。这家的父亲是一个中学教师，每天除了上课、吃饭，总是待在他的书房兼卧室再兼客厅的房间里埋头备课，批改作文，或者看书写作。教书是他的正经职业，写作是他生活的另一部分。这家的母亲也在学校的后勤部门工作，她美丽、恬静、任劳任怨、不声不响地操持着家中大大小小的事务，像一只被生活抽打着的陀螺。这家的小女儿性格倔强、顽皮，尚在读高中。像所有学校子弟一样，被一种假象的骄傲孤立着。因为小女儿活动的空间，便是在校园内，她走出家几步路就是教室，放学后几步路便走回家中。少了上学路上说悄悄话的玩伴，她只好待在家里看书。

这是一个寒冷的冬天。这家的大女儿从离县城不远的中专回家了。每两个月她都要从学校回到家中，取她读书所需的生活费。生活费并不多，母亲叫她省着花，她很听话。因为离家不远，她母亲便不给她寄钱，让她每两个月回一次家。于是她便在最冷的一个星期天回到了家中。

这一次回家她发现家里竟然多了一个小物——一只仅有几寸

长的小花猫。这家的大女儿少言寡语，她那双美丽的大眼睛总是显得那么忧郁和多愁善感。当她看到这只猫后，眼神里便流露出一丝好奇，她在想，究竟是谁把它带回家的呢。这只猫长得并不好看，羸弱的身体、稀薄的毛发、细长的尾巴，毛色更无可取之处。一看就是一只来自乡村的灰黄相间的杂色猫。

原来是这家的父亲一次偶然上街碰到的。这家的父亲很少上街买菜，偶尔为之，便有了强烈的购物欲望，在购买一农妇的菜时，竟连菜带猫一起买回来了。那是农妇卖剩下的最后一只猫，孤单单地在冷风中打着抖，这家的父亲见着可怜，便抱回来了。回家时小物眼睛周围满是眼屎，走路摇晃个不停。邻居刘启寿是个热心人，每次去上课时与这家的父亲碰面，总忘不了关切地问一声："眼镜，你那只猫死没有哟？"咳，哪有这样问人的哟！

死自然是没死，长得倒是越来越精神了。这家的大女儿和小女儿都是心特别慈的人，见了小动物哪有不爱的道理，虽然丑是丑点儿，还是立即喜欢上了它。小女儿给它取了一个名字，就唤作咪咪。大女儿呢却更看重它的品格，说，这是一只仁义的猫，有个性，有特立独行的品格。来到这个家后，大女儿发现它不肯轻易地向人邀宠，也不随便感谢人对它的好意。白天全家人各自忙碌的时候，它便跑到阳台上的兰草丛中流连忘返，仿佛在对兰草进行热烈的鉴赏。好像它早知道这些盆栽的兰草是这家的父亲、大女儿，还有小女儿在有一年的春节攀上对面陡峭的山崖上挖回来的，因此，它不时地凑上前去伸出小巴掌拍打着花叶，仿佛在说：兰草嘛，我也喜欢。更多的时候，它就趴在兰草丛中，独自凝视着一个地方，似乎不太愿意那么快地忘记它的母亲以及兄弟姐妹们。虽然这家的男主人收留了它，这家的女主人精心饲养了它，可它却一点儿都没有对谁表现出特别的亲热来。尤其是这家的大女儿回家后第一件事就去抱它，它开始十分安静地眯起眼睛享受她怀抱的温暖，似在十分礼貌地忍受着让它感到陌生的温情，它似乎并不太喜欢这样过分的亲热方式，那样的亲热让它感到无所适从，于是过不了几分钟，它便要挣扎着离开她的怀抱。当大女儿十分遗憾地看着它离去的身影时，它便装着饥饿的样子跑到饭盆旁边，闻闻它吃剩下的饭菜，吃或者干脆双"手"抱住木茶几的腿，开始它的鏖爪运动。它后腿挂地，前爪抱起木腿，"咯咯咯"地挠着，对它那副小小的爪子认真地、努力地磨砺着，那茶几的木腿便显出些小小的坑洼来，它一边挠，一边打量着大女儿，看她的表情里面是否有赞许的成分在里面。它当然要挠爪子了，不挠爪子又怎么能够去攻击目标呢？它是在看她的态度，因为它的男主人、女主人，还有小女儿都没有谁提出过要给它剪去指甲，像些养猫人家做的那样。他们谁也没有为它去势，这家的人愿意让它自然地活着。在咪咪的整个鏖爪过程中，大女儿窥见了它血液中原始的野性。于是大女儿对她的母亲说："这是只要抓耗子的猫。"

当咪咪经过认真慎重地观察与思考，认定这确是一家真心待它的好人，它便盼望着全家的和睦相处，反对各行其是。因为在平时，只有女主人一个人边织毛线边看电视，男主人则永远背对着电视，在书案上写写画画，一直要到夜很深了才关灯安歇，永远都不知道什么是疲倦。小女儿呢则把她的小囡房的门一关，专心地复习她的功课。只有星期六晚上是全家看电视的时刻，这永远让它无比激动。要是正巧碰上大女儿回来了，全家在一起话就变多了。话多的自然是小女儿，她对电影明星的熟悉程度令它感到惊讶，她可以毫不费劲地说出电视中某个外国女演员或某个男演员那一长串绕口的名字，还能说出这些电影明星的生平和逸事来，要是电视画面不巧出现了什么飞机呀、坦克呀什么的，小女儿便能根据画面把当前全世界的作战武器分门别类地进行介绍，她的喋喋不休使人怀疑她是电视解说家什么的，没有她找不到的话题，有时候大家听她讲得津津有味，有时候大家又不耐烦地挥手，做出要把她赶走的样子。这一时刻当然是咪咪最盼望的时刻了。这时候它无限欣慰地选择好自己的位子——男主人的靠着大半面墙壁的书橱的最顶端，从上面从头至尾地眯起眼睛来俯视着全家的一举一动。

待咪咪长大些的时候，大女儿也放寒假回家了。这时它已不太喜欢老是待在家里陪着她们看电视了。它的活动空间早已扩大到了门外。瞧，一楼的楼梯角下就堆放着好多柴火，还有邻近的楼房的楼道里也同样堆放着柴火。这些老师的家里除了烧电外，还在厨房打了柴灶来炒菜做饭，因此柴火是必不可少的。这也为它出去"抓猎"提供了宝贵的空间。在她们看电视的当儿，它便在门口轻轻地小声地"喵喵"叫唤两声，女主人或小女儿便起身去给它开门，它连看都不看她们一眼，轻捷地转身就下楼去了。直到她们看完了电视喊它回家。

咪咪觉得她们唤它回去的时刻是最幸福的时刻，也是最恼人的时刻。她们会"咪咪，咪咪"地一直唤个不停，明知道它不可能走远，就在附近，可她们听不到它的答应誓不罢休。它幸福地躲在角落里听着她们来来回回的脚步声，有时候一感动就"咪"出了声，听到它微弱的应答，她们便说："好了咪咪，不抓耗子了，咱回家吧！"于是咪咪便很听话地随她们回家了，它很会找到台阶下：不是我不抓耗子哟，是你们硬要喊我回来的。于是在她们还没有走回家之时，它已抢先几步蹿进门，跑到饭盆边津津有味地吃起来了。有时候，它又不想理她们，觉得她们打扰了它的正事。没瞧见我在这里埋伏了好久吗？"敌人"马上就要出现了，"嘘！别出声……"

……

等到这家的大女儿快中专毕业的时候，咪咪已经做母亲了。这天这家的大女儿又回家了。她看到咪咪的四个儿女后非常开心。它的四个儿女有两只全身黑毛，只有四只爪子是白毛。还有两只花色也十分好看。可大女儿只待了一个晚上就走了。等到大女儿毕业回到家里，已是猫去楼空。咪咪全家跟她竟连告别都没有就走了。

这家的母亲和小女儿便一五一十地把咪咪全家的不幸告诉了大女儿。原来一位邻居得知咪咪生了崽崽，便热情地领养了一只。没想到小猫崽去了以后便精神不振，这家的母亲认为猫崽崽是奶水吃少了，于是便又叫邻居将猫崽崽送回来再养几天。没想到以前这家邻居养过猫，这家的猫是得瘟疫莫名其妙地死掉的。死后没有将猫的饭盆、猫的褥子和枕头认真进行消毒，就拿来给猫崽崽用，结果可想而知，咪咪全家都传染上了瘟疫，相继死去。就连咪咪也没有逃过这一劫。临死前，咪咪拼命地往灶炉下面钻，下面可是又黑又脏的灶灰呀！这家的女主人知道咪咪要去了，却不想让人看到它死的样子，所以才拼命地躲藏起来，它这是要保持它的尊严啊。看到咪咪将死的惨相，这家的女主人流着泪把拼命挣扎的咪咪拽出来抱在怀里，咪咪便不再挣扎，任凭她抱着，可咪咪一直坚持着舍不得闭上眼睛，因为那时这家的男主人恰好有两节语文课要上，咪咪便坚持着等着他回来，直到楼梯口传来这家男主人回家的脚步声，咪咪才闭上眼睛。男主人回家听说后唏嘘不已，便和小女儿一起将咪咪全家掩埋在学校的后操场上。

小女儿说，她和父亲一道烧了好多的纸鱼给咪咪全家。

花猫

有了养猫的经历，这一家从此便一发而不可收地养起猫来了。想不养都由不得你。咪咪全家死后，那个邻居便不知从哪儿弄来了一只猫，坚持着一定要抱来给这家养，以表示歉意。这家人刚失去了咪咪全家，感情上正好出现了空白，需要一只咪咪来填空，再加之不好拂了人家的好意，于是就收养了这只猫。

小女儿还是给它取了一个名，又唤作咪咪。咪咪初来乍到就以它的娇憨博得了全家的好感。虽不是名贵的波斯品种，却体态圆润娇小，毛色十分出众，全身的底色是白毛外，背上还有两团拳头一样大的可爱的黑色斑点，鼻梁和嘴唇相接的地方也长了一小块黑色的斑点，初看别扭，看久了觉得滑稽可爱。到这家后，它就没有一点儿生疏的感觉，自然熟，仿佛它本身就是这家中当之无愧的一员。它最拿手的本领就是自己把自己摔倒在地，胸膛里还会发出一声"噢"的声音，接着便在地上打几个滚，它摔得忠实、摔得无所顾忌，它故意用自己的憨态来引起全家高兴，仿佛在说，别想那只咪咪了，我不比它差哦。把自己摔倒在地几乎是随时随地的表演，当主人下楼去散步聊天时，它便抢先一步跑到主人的前面，在楼梯拐角处把自己摔倒，打两个滚儿，然后又慌慌张张地往下跑，接着在主人到来之前又在第二个楼梯口把自己摔倒，接着打几个滚儿，如此这般，已让大小主人高兴得合不拢嘴。

当咪咪确认自己就是这个家庭当之无愧的一员的时候，便对新鲜事物表示出了特别大的好奇和兴奋。尤其对篮子里的各种蔬菜表示出了极大的热情，当这家的母亲在厨房择菜时，它便会凑上前去，用小巴掌拍打菜叶，像在说，芹菜嘛，我对这味道可不讨厌。不过我最喜欢吃的还是煮苞谷。咪咪吃苞谷的样子十分可爱，它用一只"手"撑住苞谷，龇着牙连咬带啃地品尝着眼前的美味佳肴，常常是把苞谷吃得坑坑洼洼的，地上也掉了好多的苞谷粒，它全然不顾，奋力地完成它的高难度的啃咬动作。哦，能把苞谷啃得这么干净，已经是很不简单了。

咪咪最大的兴趣还是看女主人织毛衣。在这一点上让人常常怀疑到它的性别。它蹲在女主人的面前，无比虔诚地看着针线在女主人手指间来回穿梭。篮子里的线团随着女主人手指的舞动，在一点儿一点儿地旋转，滚动。咪咪看着看着突然显出一脸的紧张来。它盯住蠕动的线团，忽而蹑手蹑脚地向前逼近，忽而又一步一步地向后退却，然后一个急转身趴在地上一动不动地盯着前方，在女主人和线团之间做了来回的审视研究之后，猛扑过去，抱住线团，哈！别看你神气活现，我还是抓到了你！这一次的体验让咪咪无比激动，于是它开始把线团抓起来抛在地上，然后，前进、后退，将线团扒拉得满地打滚儿，它也随着线团的运动满地打起滚儿来，心里想，织毛线嘛，我也会，看我的！

从这家的阳台向下看是围墙外的另一所小学校的宿舍和操场，越过这所学校往远处看，对门是一座头顶圆润别致、坡峰线条峻峭的大山，据说当地的电视转播台就设在那山顶上，那山顶的更高更远处，仍是如黛的青山。夏日的黄昏，站在阳台上，可以闻到远处乡村的田野里散发出来的泥土的馨香，可以听到远处的安宁河水绕城而过时哗哗的流水声。这家的大女儿往往在这个时候喜欢望着远方的山脉出神，清风徐徐吹着她如瀑般的秀发，直到山顶上亮起了灯火，直到天边升起了一颗两颗的星子。大女儿就这样不出声地望着，似在向着远方倾诉内心的秘密，不知道是在倾诉对这片土地的眷恋，还是对一种全新生活的憧憬。咪咪喜欢在这样的时刻跃上后阳台，在兰草丛中静静地凝望着它不知道的远方，它坐得沉稳、望得专注、听得仔细，当夜色模糊了远方的乡村、山脉，送来一些似有似无的声音的时候，咪咪仿佛觉得此时此刻大女儿心中的秘密就是它的秘密，因为一个共同的秘密，他们一起守望着同一个夜色。但是，她却没有注意到它的存在，它想，就算它同她一起望上一百年，她也不会注意到它吧，这让咪咪多少有那么一点儿伤感。

于是，咪咪的活动范围在不知不觉中扩展了。因为它不再是一只调皮的小花猫。它长成了英俊的小伙子。每天它仍然要打着滚儿随着主人下楼去，但是，却不再打着滚儿随主人一起回家了。有时候主人回家好半天不见了咪咪，便会在夜色中的校园里到处唤它。为此它感到心满意足，因为在这个时候它才感觉到它在主人心中有多重要，它往往会跑过天桥，穿过一排排整齐的教学楼，横过一大块球场的时候它会在心里说："这儿我来过！"它知道放学后或者体育课的时候会有好多的学生在这里进行体育活动，当然，这里的水泥地不是它喜欢待的地方，它喜欢来到空旷的后操场，那是一个有足球场那么大的操场，操场上长着浅浅的青草，操场的周围栽满了桉树，它听见大女儿对她妈妈说过，这些树是以前大女儿在这里读书的时候在某个植树节栽下的。如今那些桉树已经长得很高了，在夜色里便是一片黑梭梭的影子。它喜欢在青草地的黑影下徘徊，直到它听到远处传来呼喊它的声音。那由远而近的声音使它激动，它常常会忍不住朝那声音跑去，当那声音停下来的时候，它便又撒腿跑开了，如此反复，直到那声音变得严厉起来，它才停止了兴奋的奔跑，在地上打起滚儿来。

有一天，它发现那黑影下面的围墙根儿有一个洞，于是便随着洞口钻了出去，哇，原来这围墙的外面竟是一片农民的菜地，空气里满是泥土的清香。这味道它似乎在哪里闻到过。嗯，是在后阳台上。于是咪咪想，这片菜地一定连着那远方的村庄和黛色的山脉，那是它和大女儿共同的秘密。于是它便在夜色中出发了。

第二天，太阳暖洋洋地照在它的脸上，照得它睁不开眼睛。它听见了唤它的声音，这声音使它激动，可激动之余，它分辨出这声音不是大女儿的声音。是女主人和男主人的声音。于是它朝着声音的方向望了几眼。它看见女主人在天桥上既焦急又惊喜地望着它，它的心头掠过一丝不安，可这不安却随着女主人的举动很快消失了，因为它看见女主人竟然不顾自己身体的笨重，从那么高的天桥上一下子跳了下来，全然不顾自己的安危。这一刻，咪咪觉得自己已经不配回到这个家了。

于是咪咪便在第二个夜色的掩护下向着那黛色的山脉真正地出发了。

2004 年 7 月

怀念一个从未去过的地方

接到去康藏高原甘孜州采风的通知后，激动之余，感到被一种另外的情绪击中了。是你吗？亲爱的朋友。10 年前，那片广袤的草原曾经留下过你的足迹，也牵走过我的无限向往和遐想。你用一种特有的方式牵引着我，与你一道领略了高原的无限风光。

10 年的光阴飞逝，12 年了，你在我的心中依然如此之重。记忆的门锁重新开启。是时候了，我想，我该为你留下一段文字，来怀念你。怀念我们曾经拥有过的宝贵的青春——那是一段化炼了的黄金，也以此来作为参加此次西部之行的诠释。

初相识在 1988 年。那时候作为一名复读生，高考场上败退下来的哀兵，正紧张地准备着又一轮的冲刺。因为前车之鉴，或者说是受同学的鼓舞，那个与我同在一个兴趣小组画画的同学已于我们毕业那年考上了阿坝师专美术系。于是，1988 年我也为自己多选择了一条考大学的路，因为准备时间不足，只将目标定位在美专，阿坝师专和康定师专便成了首选。我试着给这位名叫张东胜的同学去了信，请他帮忙寄一份该校的招生资料，在不安和焦虑中终于收到回信：信中除了一份招生简章外，还有几行陌生的字迹："学校的招生简章已印发出来，给你一份，你属凉山州，五个师专中第一志愿你必须报康定师专，如果你认为你更有能力考得好点儿，第一志愿可报西师，今年西师同五个师专联合招生，你还可以考美院，依我看你最好到成都考点，这样录取的机会更多一点儿。如果信得过我，请寄几张你的作品，可以对你填报志愿有个更合理的建议。"落款：你的朋友竹林。地址：阿坝师专美术系 88 级。时间是：1988 年 3 月 30 日。

事实是，张东胜并不在阿坝，而在甘孜康定。

从此，我们开始了书信往来。

我将作品源源不断地寄给你，而你在收到作品后的第二天，或者是当天，就给我回信，指出作品的优点和缺点，并以授课的形式画了很多的简图，指出要点，有时达到七八条。为了节省来回的时间，你甚至在上课的时间给我回信，什么《美术概论》《党史》等课，这让我深深不安和感动。而你也不断地鼓励我，肯定我，使我深受鼓舞。你甚至热情洋溢地说："你主要的是要参加本地区的高考预选，不然我还真想叫你来师专画上一个月，我敢保证你能考上师专，我们这里的水平可以说是达到了一个相当的高度，不比美院差，因为我们的老师是川美绘画系的主任、教授。罗中立、何多苓几个青年画家都是他带出来的。有这样的好老师，我们真感到荣幸。"

我发现我对你所有的回忆，对于那段难忘的青春之途的回忆，大部分来自那些至今仍滚烫着我心灵的大段的文字，以及透过那些文字所传递的友谊。

"在你去成都考试到考完这段日子里，我一直在犹豫，想给你去信，也很想收到你的来信，又不愿听到不妙的消息。前段时间，你们初试的卷子送回阿坝师专，我去看了一下，心里猜测着哪张画是你的，但我猜不准。因为我看到一张比较好的，总感觉是你的，当然没有肯定，但心里一再叫：但愿，但愿……听老师讲，你们凉山州的考生就有二十几个，可见竞争还是比较激烈的，你又毕竟只有那么一点儿叫人可怜的时间来画画，这真的不能责备你自己。"

"你的石膏像画得的确很少，你这次考试画的是什么呢？听我们系主任讲，有阿里斯托芬。在众多的石膏像中，阿里斯托芬是最复杂的，就是我们班上画得最好的伙伴，也不敢对这个石膏像夸海口。谁知道我们系领导是怎么想的，把这个石膏搬去了，这就更难怪你了。"

这个月13日，我们将去若尔盖草原，领略草原那旖旎的风光，要去三个星期左右，但愿此行我能有所收获。从草原回来，一定让你同我领略草原的风光，但愿我的"理光－KR－10"相机不负我望。

到成都去考试的情形至今历历在目，我独自一人背上画夹从漫水湾挤上火车后，在挤得水泄不通的人群中汗流浃背地站了整整一夜。那一刻的煎熬和由此而生发的豪情至今刻骨铭心。

然而考试失败得一塌糊涂，因为由美院和西师首次联合招生，考试的难度增大。1988年以前考试是这样的：初试——静物，复试——色彩、创作。而那一年的初试——石膏像，复试——人体写生、创作。一两百人分在几个考室，考生们坐在小板凳上，一个紧紧挨着一个，呈弧形里三层外三层。我们的考室画的是伏尔泰。我坐的位子视角特别偏。

然而，这一切都来不及告诉你，你去了草原。

再一次给你写信时，已是深秋。

那些信发自凉山州冕宁县泸宁中学。泸宁是冕宁县最边远贫困的一个区乡，与甘孜州的九龙县接壤，那时候信件都是由马帮托运出来的。

我告诉你我已经在那儿找到了一个栖身之地，在偏远的一隅独自疗伤。在那里，我是一名教初中三年级的英语代课教师。

除了惊喜外，你没有食言，你给我寄来了大量的你在若尔盖草原采风的照片，每张照片背后都有生动的文字说明。你牵着我的手，走进了雪域高原。

"这是草原上一座叫'纳木'的神山，常年云雾缭绕，据当地人讲，这座山是不许女人靠近的，问其因，乃有阴阳之说，女代表'阴'，所以不能到阳气旺盛的'神山'上。"

你来信说，你们马上就要实习了，等毕业后一定来凉山采风。届时，一定要我做导游，你说，真想见到我。

我说，来吧！这里有许多朋友，昭觉有董晓帆，布拖有黑拇指，会理有霁虹和吉狄兆林。当然，他们都是些热情而浪漫的诗友。

我的心中涌动着莫名的情愫，既渴盼，又焦虑，那个冬天特别漫长，锦屏山下那所山村中学的夜晚也异常寒冷和寂静，在刘天华的二胡曲中，我听见了雁羽卡第一片雪落下来的声音。

在那样一个青春的坎坷之旅中，我学会了等待。

第二年的春天，由于情况的变化，我辗转到县二中代课。后来又到了县城建局刚成立的房产公司，走遍了安宁河谷，将测绘下来的房屋平面图描在房产证上，最后发送到千家万户的手中。再后来，又考上了一所财会学校，毕业后终于谋得了一份公职。

辗转迁徙中，我与你失去音讯。

对你的所有记忆，除了饱蘸深情的书信外，仅有一张你在草原作画的背影。

然而，我却不能将你忘却，不能将康定师专和阿坝师专忘却。它们早已不是简单的文字符号，而是寄托着那些成蝶化蝶的记忆，梦凤化凰的青春理想。从此，对你的怀念，就是对一幅幅油彩画的怀念，就是对草原的怀念，就是对一些激情而崇高的字眼的怀念："黄薇，走下去吧！献身艺术是伟大的选择……"在这个物欲横流的尘世中，还有谁会说出这样的话语，还有谁不会为这句话而捧腹？

亲爱的朋友，你在何方？

隔着10年的光阴，我将踏上西部之途，沿着你青春的足迹去领略生命的美，艺术的美，去重温那段关于青春的记忆。

2003 年 5 月

井

记不清什么时候就有的这口井。这口井，不在绿荫葱茏的榕树下，也不在翠竹掩映的小村旁。但它同样拥有圆圆的井身，井身上同样的苔痕斑驳，古色古香。

这口井实际上就在单位的大院里，这个叫作"县联社"的大院住着三个单位的职工和家属，这口井便和这几十百口人的日常生活息息相关。这还不算，只因为这口井的水异常甘美，引来四条街的居民纷纷挑了桶来担水。

清晨和黄昏，来打水的人络绎不绝，井沿总是湿漉漉的，人们的交谈声也湿漉漉的。欢声笑语中便传递着邻里之间湿漉漉的温情和关怀。井边，也成了人们谈天说地的好场所，什么耳朵会识字呀，什么十二三岁的少年大学生呀，人们议论着从报上读来的新鲜事、热门话题。记得那篇文章《哥德巴赫猜想》就是在这儿"发表"的，"1+1＝2"！人们对科学的崇敬大概是从井台边开始的，数学家陈景润这个令人敬仰的名字，也由此传响了四面八方。

井台，也是人物百相的缩影。不信吗？光从打水的姿势就可以看出一个人的性格来。性格粗犷的人，往往一只手拎了桶绳，一只手攀着桶底"扑通"一声扔将下去，然后一哈腰，三下五除二，几把就将满桶的水拽了上来；性格柔韧的人，则徐徐将水桶放到水面上，然后左荡一下，或右荡一下，那水桶便海底沉船"噗噗噗"不可救药地死不瞑目地沉了下去。然后又被两只手徐徐缓缓地打捞上来；劲大的人，喜欢拿盈盈的水桶测量着自己的手劲，心里默默数着能拽上几把；劲小的人，则拽一把沉一下气，反倒有力拔千钧、气盖山河的气势，让人敬仰不已。也有胸有成竹的，桶上根本不用绳，待桶翻身入水撒手归西的当儿，一根井杆（竹上绑上一块铁钩子）伸下去，"哐"地钩住提手，提水的人脸上便有一丝不易察觉的自得的笑意藏在里面；也有技不如人的，连桶带绳沉入井底，只好等中午太阳高照或月落井底的时候打捞了。

无论怎样的暴雨肆虐，井，总是清澈见底，青痕块块，宛如少女善睐的明眸；无论春夏秋冬，季节回转，井，总是汪汪盈盈的，如十五的月亮圆满丰润；一线清泉，不紧不慢地从井中溢出，滋养着八方四邻。高家婆婆用这口甘泉来磨豆花，磨出的豆花滑嫩爽口，吃过的人无不拍案叫绝。于是"高家豆花"的名气声振两县一镇，过往的人无不停足举箸，以饱尝一顿为一大乐事。高家婆婆的豆花也因此喂养出了三个大学生，其中一个为本县首开纪录，一举考取了首都的最高学府。

我喝着这口甘甜的井水渐渐长大，不知不觉中，我也有了一个童年的小水桶。是母亲特意央求北街的罗铁匠用铁皮做的。白白的身子，绿色的尼龙绳儿，每天下午放学后，母亲带着年幼的小妹妹在厨房里忙着，我便端了一笤筐的菜，拎了小水桶，穿过弯弯曲曲的巷道去井边洗菜，洗得最多的是莲花白和白菜薹。我喜欢将一整片一整片的莲花白掰下来一张一张慢慢地浸入水中，瓢形的叶儿注满了水，在阳光的照射下，仿佛满满的一瓢水银在晃呀晃的，变幻着魅力无穷的华光溢彩。啊！童年的水银里竟然藏着内心最初的秘密和憧憬……

我在井台也忙碌着，不是我勤快，而是我嘴馋。我可以在那儿肆意地掰了白菜薹那绿茵茵的薹儿来边洗边吃，当然还有黄瓜、胡萝卜之类的。母亲们"嫉妒"了，她们"嫉妒"着我的母亲，于是，我在井台边得到了一声声的夸奖。就连我的同桌大嘴巴张文宇的妈妈也夸奖我了，她气呼呼地说："瞧，这个黄尾巴，一学期挣回两张奖状，那股得意劲不得了！"我红了脸边咽菜薹边说："不提劲，不提劲。"我没有忘记头天上的课，毛主席教导我们："虚心使人进步，骄傲使人落后。"张文宇的妈妈恼了："哟，黄尾巴，谦虚什么？过于谦虚就等于骄傲。"啊！我那可敬可爱的街坊邻居哟，用朴实无华的语言告诉我课本上找不到的东西。

我也在井台边吵过架，童年的记忆仿佛是孤独的，我被同学们孤立了。孤立我的人是我们的班长，唉！谁叫我是语文课代表呢？谁叫我们班主任是语文老师呢？谁叫我们班主任一次又一次地叫我上黑板归纳段落大意、中心思想呢？我被孤立了，于是放学只好牵着班主任的手一道回家。可现在不是学校，而是井台边。

我们班长的家正好在井台边，只要我一个人洗菜，"哐啷"一声，班长闺房的门打开了。班长冷眼打量着我，两只羊角辫倒立了起来，怒目而视。我也迎着她寒冷的目光，可我对不过她，眼睛移开了，于是，班长"呸！"的一声，掷地有声的穿透力让人不寒而栗。而后的沉寂对我幼小的自尊无疑具有强大的杀伤力。于是我也"呸"了过去，相互呸了十几个回合后，分不清是谁占了上风，一定是那个最能坚持的人了。当然，有时来的不只是班长一个人，这时班长就会破口大骂，追随班长的同学也会跟着她骂，我不会骂，我的嘴唇因为紧张和气愤而哆嗦着，但我不会逃走，决不！是的，我在井台边学会了独自去面对麻烦，独自去承受被孤立起来的滋味，这种滋味真的不太好受。孤立一个人，这种"游戏"大概在"文革"之前就有了吧！长大了，也从未认真去考据。

20 年过去了，盈盈井水，总在我乡愁的清波里依洄，我的记忆里流淌着她甘甜的、清凉的乳汁。我在她的井台边长大，带着她轻盈的水波湿淋淋地走了。我离开了她，离开了养育我长大的故乡，却再也没有回去看过她。而那口井，听说早已在十多年前就不复存在了，自来水取代了她婀娜多姿，丰盈的身影，在她原来的位置上修起了一幢高大的楼房。

那让我独自面对过的深度，映照过我童年的倒影，用温柔的水波激起我最初诗意想象的井。可以确切地说，从那以后，我内心的水域，有很大一部分来源于这口井的灌溉。

哦！我生命中唯一的一口水井。

周　姐

《第二次握手》这部电影的原著，我不仅看过，还亲手抄写过呢。

那都是 20 年前的事情了，提起《第二次握手》，我又想起了我的周姐。

周姐是随着我的父亲走进我家的，那一年，我父亲所在的那所边远闭塞的山区中学爆出了惊人的消息，不仅震惊了全县，而且震惊了凉山州！就是那所名不见经传的区中学，一下子考上了 20 多个中专生，其中两名同学还摘取了凉山州第一名和第三名的桂冠。山窝里一下子飞出这么多的金凤凰，让全县人民兴奋了好久，那可是 20 世纪 70 年代末呀，考个中专，比现在考上大学都还要风光，而我的周姐就在那一年考上了县师范学校。

周姐名叫周锡芬，是我父亲的学生，我的父亲是她的班主任。开学了，父亲告别我们，即将回到那所边远的学校去了，由于道路闭塞、交通不便，父亲一学期才能回来一次，于是父亲便把周姐交给了我的母亲。周姐在家里排行老大，下面还有弟弟、妹妹全靠母亲一人供养，周姐一边帮母亲干活儿一边读书，跌跌撞撞地读完了小学。由于她天资聪颖，考上了区中学，遇到了"流放"到那里的父亲，是父亲资助她和其他的同学读书。周姐向母亲讲起这些的时候，落泪了。

周姐长着一双好看的丹凤眼，圆脸红扑扑的，透着山里人特有的健康的红润。她勤快、纯朴、开朗，我和妹妹很快就喜欢上了她，把她视为我们的亲姐姐。每到星期天，我和妹妹就盼着她放假回来，她总是在夕阳落山的时候才能到家。她的学校坐落在北山坝，从北山坝走进城，需要两三个小时的时间，我的周姐，为了一盏温暖的灯光，不惜走那么远的路，而我的母亲总是做好了香喷喷的饭菜等着她。夜晚，因为周姐的到来显得美丽而温馨。

我喜欢周姐陪着我在灯下做作业。那时候，我就可以在她面前卖弄我的小字和作文了，我喜欢被她赞美和夸奖的那种感觉。我喜欢她青春娇美的身体拥着我入睡。我惊叹她的美丽，她是我对美的最初的启蒙。最喜欢的事情自然是母亲领着我们姐妹三人去裁缝店做花衣服了。我们那个兴奋劲哟，我的周姐，是既高兴又羞涩。

转眼间两年过去了，周姐的两只小辫长得又粗又长，垂到了腰际。有一天，她把我叫到一边，略显神秘地拿出了几个本子，上面赫然写着《第二次握手》。接着抄，她说。她那美丽的脸上映满了羞涩的红晕。

就这样，我这个小学生毕恭毕敬地抄完一部《第二次握手》。

《第二次握手》抄完了，我的周姐也毕业了。毕业分配的时候，周姐遇到了一件啼笑皆非的事情。

原来周姐因为成绩优秀，被她的家乡泸宁区锦屏小学"要去了"。这本来是件好事，因为那所小学是那个地方最好的一所小学了。然而周姐的母亲不依，也不跟周姐商量一声，就跑到县教育局去"大闹"了一场，非要把周姐分到她的身边，一所公社小学——和爱小学。从锦屏到和爱，需要骑两天的马，走路要三天，的确远了点儿，老人家的苦衷可以理解，可她却对教育局长说什么"我们周家，上到周总理，下至周扒皮……"后面的话已经记不清了，但那两句开头，却成为笑话的经典流传开来……

周姐回到了和爱乡教着稀稀拉拉几个学生，打发着寂寥的岁月。我则上中学，偶尔想起周姐，便写一封短信，寄几张她喜欢的小画片，也把她感动得立即给我回信。暑假了，周姐总是提一桶油炸鸡棕油出来看我们。那时候父亲也回到了我们的身边。我兴致勃勃地吃着油炸鸡棕，却从未想过我的清贫的姐姐从哪里去弄得这些油，又是怎样地忍着馋虫的诱惑，守着油锅炸出那么多的鸡棕。

实际上我是粗心的，少年的梦想，少年七彩的生活。直到我上高中，周姐把一个叫王哥的小伙子带到家里来的时候，我才恍然，我的姐姐该嫁人了。然而，周姐和王哥总是从家里进进出出，却没有听到他们结婚的消息。那一天，我快高中毕业，周姐又一次来到我家，对母亲说，都快 8 年了。她明显地憔悴了，脸上的红晕荡然无存，原来，她痴恋的王哥远在会理。调动，成了他们最大的心病，从而也影响了他们的婚事。

我不知道周姐和王哥是怎样开始第一次握手的。他们是老乡，是同学，坚如磐石的爱情是如此凄美，生活却又是如此无奈和黯然。然而那时候的我从不懂得去体量周姐的心境，却一次又一次地因为周姐不在家里留宿（他们去了王哥的亲戚家）而倍感失落，从而冷落她，甚至她向我道别，我却赌气地一声不吭。我的善良宽厚的姐姐却总是释然一笑。唉！她该是怀着怎样的落寂回到她那寂寞的小山村啊！我甚至还"夺走"了她一件漂亮的紫红色的呢大衣。那是我嫌母亲给我买的驼色的中长外衣土气，便央求她跟我换的，她爽快地答应了我。许多年了，我还看见周姐局促地甚至不合时宜地穿着它。啊，这么骄横自私的人，难道就是少女时代的我吗？长大后的我恍然回首，才明白我夺走的不是一件大衣，而是贫寒的生活，忧郁爱情背后的一份美丽和自信。

周姐坚守了 10 年的爱情终于有了结果。她深爱的那个人终于调回了那个贫瘠的山区小学，与她相亲相伴。我常想，是美丽坚贞的丁洁琼影响了我的周姐，还是周姐的坚贞美丽改写了《第二次握手》？

别去故土几载，当故乡的青苔在我的梦中依洄的时候，悠悠白云，锦屏山下，晨光中的校舍传来了朗朗的读书声……亲爱的姐姐，我仿佛又看见了你娇美的身影。啊！你在遥远的一隅还好吗？

祖　母

　　我的祖母死于何年，我至今也没有去推算，我只知道这场灾难的发生起因于一场瘟疫。在我的那个年龄，要弄清祖母的死因已经是一件很头痛的事情了。我的祖母死因并不复杂，复杂的是她死得过早了，她的死改变了我的父亲及二爸的命运，使我的父亲饱尝了幼失怙恃之痛。可以说，我父亲后来遇到的很多痛苦都与我死去的祖母有关。比如说我们从来没有感受过祖母给予的温暖；又比如说，我们与祖父之间的恩恩怨怨；与我的后奶奶之间、我的姑姑——我父亲同父异母的妹妹之间的分分合合、爱恨情仇。在我日渐成长的岁月里，我目睹和经历了与她有关的一切。多年以后，当我轻轻地合上了一本叫作《霍乱时期的爱情》的外国小说的时候，我那双耽于幻想的眼睛恰好与父亲的目光相遇。然后，父亲的目光很快地掠过我的脸庞，掷向窗外。其实，窗外除了一棵光秃秃的枝干高大的榆树外，什么都没有。我相信那时候我父亲的目光应该是空洞的抑或是邈远的。我在那样的年龄对我的父亲充满了敬畏，他是严肃的、沉重的、孤独的。那个时候的我并不理解我的父亲，我根本不知道我的父亲在失去母亲后的岁月里所饱尝的痛苦以至他的一生都没有摆脱这种痛苦。我和我的父亲之间有着很深的隔阂，用现在的话来讲就是"代沟"。

我固执地认为之所以父亲不喜欢我而喜欢我的妹妹，是因为我的妹妹长着一双和我的祖母一模一样的眼睛，而这双眼睛恰好寄托了我父亲对他的母亲的追思，他在那双眼睛上打捞对我祖母的所有的记忆，打捞我祖母日渐模糊的容貌。我的祖母撒手人寰的时候，我父亲年仅 8 岁。

关于我的祖母，我的父亲很少在我们的面前提到，然而，我们的祖母却时时活在我们中间，她离我们并不遥远。就像许多年后，她在另一个世界里知道我会成为她的孙女一样地感知到她的无所不在，尽管她只在每年的七月半来看望我们。每年的这一天，我的父母会想尽办法准备最好的东西供奉在她的面前。她在照片上端详着我们，注视着我们的一举一动，我们的清贫、忙碌、琐碎、简单的生活。她是那样美丽，我的祖母，从我在照片上见到她的那天起，她就以她无与伦比的美震慑了我的审美。直到今天，我才发现我之所以如此亲近、喜欢我的祖母，绝大部分的原因是她那无人企及的美丽。我的祖母的美丽背后显露着她的身世和教养，她宁静、含蓄，甚至妩媚的眼睛弥漫出来的贵族气质，使我为她的气度着迷。

我的祖母生于一个旧军人家庭，有一些薄田雇短工耕种，收获一些口粮。关于这个家庭的很多细节，至今我仍一无所知。我父亲是在他外祖母家长大的，他童年生活过的地方在成都府河边一个叫刘家巷子的地方，隔壁是"大中中学"，抗战时期有好些从东北流亡来的知识分子在那里教书。据说现在那里还是一所学校，只不过那里有一棵几个人牵起手才围得起的大榆树没有了。

那一年的夏天，一个风和日丽的早晨。我年轻的祖母盘着发髻，梳着齐眉的刘海儿，穿一件白底碎花的旗袍跨出了刘家大院的门槛，这一去就再也回不来了。

我的祖母是随我的祖父离开家的。也就是说，不是因为我的祖父，我的祖母就不会死。当然这一论断我并没有说与我的父亲。我的祖母要去的地方正在闹霍乱。我的年轻俊俏的祖母事先并不知道这一切，或许她知道，但她在一路颠簸后抑制不住一阵阵难以忍受的反胃，就喊了家人弄了几个地瓜来吃。就这样，我的祖母不幸也染上了霍乱。

我的年幼的父亲在他的母亲离开他们很长一段时间都不知道发生的这一切。我的曾外祖母也不知道。每天黄昏，我的曾外祖母就会带着我的父亲和我的患小儿麻痹症的跛腿的二爸端了一根长凳坐在刘家大院的大门口，他们祖孙三人朝着我的祖母回家要经过的那条大路望呀！望呀！却始终见不到她风姿绰约的身影。

终于，我的曾外祖母在她的女儿离家两个月后一个黄昏盼来了我的舅老爷，却没盼回她心爱的女儿。连我祖父的影子都未见到。我那至今让我没多大好感的祖父当时连回来的勇气都没有了——他害怕我的曾外祖父一枪毙了他。我的舅老爷见到了我的曾外祖母，迎着她空洞的目光，失去了开口的勇气。我的曾外祖母在见到我的舅老爷的那一瞬间就预感到了某种不幸的降临。但她没有料到不幸是毁灭性的。于是我的舅老爷将我的曾外祖母慢慢地扶到床前，让她在床上躺好后，才将这一沉痛的消息告诉了我的曾外祖母。她听到我祖母的消息后便当场昏了过去，几天以后便去世了，我的父亲同时失去了母亲和外婆……

我的父亲在那个夏天的早晨亲吻了他的母亲的面颊，回味着他母亲身体散发出来的淡淡的体香，目送她走出家门。那本是他赶路的年龄，那天他本打算要赶他母亲的路的。但那天早晨她的母亲亲吻了他，并对他说："乖，听外婆的话！"他立即就长大了。他乖巧得令人心疼地点了点头，亲吻了他的母亲，默默地目送他的母亲离去。其实，他的一生都在痛悔着那天早晨他突然间的成熟，要是他拗她、拽着她，她或许就不会离他而去。事实上，这种推理是可以成立的。因为他的母亲随他的父亲而去，仅仅是为了去奔丧。

多年以后，我得知我的美丽的祖母死去的另一个秘密。我的祖父在我的祖母死后不敢声张，不敢把这一噩耗告诉刘家，同时也没立即将我的祖母埋葬，恰逢连天大雨，一场大水将我的祖母冲得无影无踪。我可怜的祖母就这样死后竟连葬身之地都没有。

祖母的故事就这样断断续续地走进了我无数个成长的阶段。

2003 年 6 月当一场 SARS 病毒还在侵袭全国的时候，我的母亲冒着生命危险坐火车来攀枝花接我的放暑假后无人照料的孩子，我又得以和我的母亲团聚。一天，我和我的母亲在我所居住的小区旁边的滨江大道上散步的时候，我的母亲又告知我一个我多年前不知道的秘密。我得知我的祖母在那年得霍乱的时候我的祖父是没有给她医治的，她抱着她的第三个孩子，正在吃奶的孩子——我们的三爸，被隔离在一间小屋子。躺在床上又吐又屙，身体完全脱水。当时中医西医都没有办法，所以竟连医生都没找，她娘儿俩只在那间空屋里的板床上等死。这时我的祖父在哪里呢？他去什么地方喝酒去了。喝得醉醺醺地回来，打开门走到祖母的床边，看我祖母死了没有。

我的祖母没有死，她在弥留之际多想再见一见我的祖父啊，她是违背父命嫁给祖父的。当年我祖父混乱年代几年不归，祖母眼巴巴地等呀等，等到祖父悄悄潜回。如今死别之时，多想握着祖父的手多看他一眼啊。她一伸手便握住了祖父的手，眼泪一下子就流了出来。其实那泪，不可能再"流出来"了，严重的脱水已经使她皮包骨了，那是干涩的眼睛留存的唯一的一滴泪啊！这时祖父的反应是立刻把手缩回，他怕传染病啊！他不要情不要义，他要命啊！可是祖母死死地拽住他，他急了，在祖母的手上狠狠地咬了一口。祖母的手缓缓地松开，松开。从此，她离开了人世，离开了我们。我的祖母，她去世的时候不到30岁。为了这，我的父亲常常流泪。我的父亲说，在他40岁那年的一个夜里，他梦见了他的母亲，早晨醒来，整个的枕头都被泪水打湿了。

这就是我的祖母啊！

2003 年 6 月 13 日

一条向西的路

　　高中毕业的那一年，有人问我，考不上大学待业了怎么办？我想了想说，不是有特区吗，到特区打工去。1987 年的那个夏天特别沉闷而漫长，那个夏天，我终于没有等来大学录取通知书。

　　有一天，我到一个朋友家去，我朋友的父亲正坐在一堆乱纸堆中就着花生米喝他那永远也喝不完的老白干。我从他身后抽出一张纸来，那是张《四川日报》，就这样，那则招聘启事呈现在我的眼前。那是西藏某个边远的地区招聘高中以上（含高中）学历的教师，招聘条件上甚至还可以安排农转非。我相信，就是拿走报纸的那一瞬间决定了我的命运。我想，不用去特区了，我现在不就可以找到一份工作养活自己吗？

　　怀着激动无比的心情，我立即为自己写了份简历，介绍自己是校学生会宣传部部长、文学社社长，有能力胜任工作。我满怀信心，甚至暗地里认为自己条件最好：年轻；不拖家带口，不需要安排农转非等，更重要的是不怕艰苦，有为事业而献身的满腔热忱……

　　一枚鲜红的印章盖在那份简历上，盖在我的名字上面。绿荫密布的校园啊，当我兴冲冲离开的时候，抬头看天，天空再次变得蔚蓝而深邃。

黄昏将至，我把信郑重地交给邮筒后，才慢慢地走回家，推开房门，我看见我的父亲默默地吸着烟。他的整个身体深深地陷进了深黑色的沙发里，室内光线阴暗，我甚至有些看不清他的表情。我明朗的心情顿时莫名地沉重起来。我说："爸，我要到西藏去。"说完我就埋下头，站在门口一动也不动。这是自高考落榜以来，我对父亲说的第一句话。室内一片沉寂。我注视着从我的小屋透过来的一线光柱，这线光柱一定又穿过了我的小屋，从我的漆着蓝漆的书桌前，从书桌前的那扇玻璃窗，从玻璃窗外那棵高大的黑黝黝的榆树的枝干间透射进来的。良久，我听见了父亲一声叹息："要去你就去吧！"

我陶醉在"找到"工作的喜悦之中，我开始整理东西。我翻出了那年夏天买的书《朦胧诗选》，席慕蓉的《无怨的青春》和《七里香》，还有玛格丽特·杜拉斯的《情人》，那些扉页上题的字像黑蝴蝶似的翩翩飞舞，我念出了声："购于待业的日子"。我想，我就要到西藏去了，我将不再待业，我甚至还幻想了我如何背上行囊（当然行囊里边有大量的盐和茶叶，那可能就是藏民们视为最珍贵的东西了），行进在坎坷的旅途中。

应聘书如石沉大海，我终于没有去成西藏。如今想来，仍心有不甘，究竟是因为不合格未被录用，还是被父母做了手脚，已不得而知。这应该成为我生命中的一个谜。然而，这并不妨碍我打起背包，坐上长途汽车，骑数小时的马，渡过那条著名的江——雅砻江，翻过了一座名叫"老来穷"的山，来到锦屏山下一所山村中学当上一名英语教师。

后来……再后来，我来到金沙江畔，成为一家著名企业的职工。多年以后，有人问我，假如那年没有往西，而是向东，又会是怎样的一种结局呢?

　　是啊!会是一种什么样的结局呢?那些不期而遇的过往。许多年后仍无法解释是出于偶然还是必然。诗人弗罗斯特在《一条未走的路》中写道:"金色的树林里分出了两条路,可惜我不能同时去涉足……当我选择了人迹更少的那一条,从此决定了我一生的道路。"

　　其实,结局早已不再重要了,重要的是记录着人生悲苦和欢歌的历程是那样酣畅淋漓。我想起了拜伦著名的诗句:"我献出了我宝贵的青春,那是化炼了的黄金!"

2002 年 4 月

第三辑

山水裂谷

羽童的国画

行走格萨拉

　　我在温暖的季节来到岩口高原，一个叫作格萨拉的地方。这次到高原，只知道大概的方向，没有行走的目的，于是，这短暂的游走便有了些寻觅和漂泊的意味。

　　高原的阳光是耀眼的。阳光无处不在。当它照耀我的时候，我显得很明亮，我的身体仿佛透明的，像站立在这荒原上千年的丛林。逆光中，树们身上挂着的丝丝缕缕的树衣和苔藓也是透明的，但是，当无数根太阳的毛刺热辣辣地钉满我身上时，我不得不闭上了眼睛。刹那间，风从四面八方吹向我，风却是冷的。啊，它才是高原上的风，无论在什么季节，它总是携带着骨感的苍凉和荒原的冷漠！

　　在通往那诱人的索玛花芬芳着整个原野的山道上，粉色、白色、红色的花团无边无际，红霞万顷。我看到春天滚滚而来，它是我今生见过的最庞大的季节。

　　索玛花灿烂、热烈、宁静地开着，像一场大地的盛宴。开在高原尽头。开在时间深处。

　　我在春天穿行，我已预感到那是一场绝望的花开花谢，与锦衣夜行的月一起，在奔赴一个未知的结局。我知道前方有它。它却不知道身后有我。失去它，我的行走就变得漫无目的。而追寻它，我的一举一动却仿佛是被谁在暗中操纵，牵制，摆弄。对于我，它辽阔得像世界，重要得如同人生意义，神秘得仿佛不可捉摸的命运。

这是个美丽的春天，这个反常的季节啊。踏青，是在这里。唱歌，是在这里。

我醉了，沉醉在青稞酒浓烈的醇香中，沉醉在阿咪子动人的情歌中，沉醉在温馨与辛酸的回忆中，沉醉在寻觅和愁苦的快意中。20年前，在另一块称作高原的土地上，我骑过马，我醉过酒，我的青春是一条流淌的河……当我打马离开那片土地的时候，身后传来明明灭灭的歌声："妹妹哎，悔不该当初将你嫁得那样远……"

醉意中，我向格萨拉最高的山峰立石火普攀登。大地在我的脚下摇晃，我不得不以匍匐的姿势低首前行。我脚步踏过的花枝千姿百态，我身影穿过的光影斑驳迷离，线条细微的颤动，色彩微粒在光中互相碰撞，光和影奇异地组合到一起，在浩瀚的天宇下轻轻摇荡。我发现，我前行的姿态让我陷入了一个寂静的世界，在这个寂静的世界中，我得以听到脚下生机勃勃的大地的成长与死亡，繁荣与衰败，升起与陨落，精致与粗犷，宁静与喧闹，单纯与繁复，纤细与宏大……

我从海拔3200米的立石火普山的高处回望，看见了万亩席地松尽在脚下。这号称"眼皮底下的森林"像一丛丛绿色的堆雪堆积在坡峰优美圆润的山上。风把云赶过来又赶过去，一会儿，山就变成了冷调子的山，冷调子的太阳照着它，像翡翠；一会儿，山又变成了暖调子的山，暖调子的太阳照着它，像碧玉。

风牧着云，像彝家小阿依牧着羊群。风吹着云在洼地和山谷狂奔，很远的几座山，一眨眼就跑到了。风把我的影子吹向了何方，我找不见了，风把山的影子吹向了另外的山梁，山又追赶着另一座山，像在捉迷藏。

风吹来了阿咪子的歌声。

"女人啊，她出现了，消失了，风却带着她的声音飘向永恒。"

风把我带到了一个阿咪子的家。阿咪子抱着一个正奶着的孩子轻轻哼唱。门前的马在马厩里安静地吃着草。当她向我望来的时候，她的目光清澈纯净。

在格萨拉，我管所有的彝家女子叫索玛。女子还是少女的时候，就叫索玛阿依；女人成熟透了的时候，就叫索玛阿格；女人老去的时候，就叫索玛格泽。

索玛在山洼牧羊，索玛在泉水旁洗洋芋，索玛在草地上割野山黄……

索玛在高原上生儿育女，生了女儿仍是索玛。

格萨拉在高原上，就像云在天上。索玛在高原上走着，就像云在天上飘。

山水裂谷

群山汇聚，层峦叠嶂，悬崖峭壁，鬼斧神工！大自然把最奇瑰的景象赠给了大裂谷，给了生活在这里的人们坚实的靠山，也诠释了"开门见山"的语境和况味。

山不沉寂，因为有水缠绕；峰自绰约，因为有云的点缀；谷生韵致，因为木棉花树灼灼，是裂谷燃亮的火炬。昔日的不毛之地，今日生存的故土，钢铁的家园，汗水和精神的高地。这山，这水，这领地，将原始古朴和现代文明纵横跌宕地交织在一起，勾染了一幅万里长江第一城的风景图。

这里是太阳村。

……想当年，那手持鹅毛扇的中国智者，统领大军"五月渡泸，深入不毛"，他驻马江边，望云之南涯高歌啸唱，旌旗白云，金戈铁马，将一个叫作蜀国的王朝背影，永远地留在了静穆的山脊线上。而"金沙水拍云崖暖"的惊世绝唱，在另一巨人的挥手间，成为一支红色的军队向北前进中的笑谈。滔滔江水，道不尽那一段段光辉的历史；莽莽群山，雕塑着一座座不朽的丰碑！于是，这山，这水，在历史的烟云中便升腾出一种韵味，便多出了一种象征，更催生出一种不可遏制的力量！

第一批深入这片峡谷的马帮，他们不知这大地的伤痕到底沉默了多少年，他们更不知道，伤痕深处的江水到底流淌了多少年。今天，生长在这里的木棉树和火箭草也只会粗略地告诉你，30多年前，从天南海北来的一拨人，将这块沉睡的峡谷唤醒，他们把天当被，把地当床，瓦盆盛着浑浊的江水，三块石头垒起煮饭的锅灶。劳动喂养了他们的筋骨，成就了他们的梦想，这群人及他们的子孙把劳动高高地举过头顶，把光荣和梦想高高地举过头顶，把自己的一腔热血、青春和生命都融入了浑厚坚实的高炉，化成了绚丽夺目的钢花飞溅，他们用自己坚韧的脊梁，举起了西部钢铁的太阳。

踏上这片土地，总被一种博大而深远的气氛包围着，扑面而来的血色地貌，参差峥嵘，依然保持着它亿万斯年前的苍莽粗犷。只有深埋在这峡谷深处的铁，擦亮了它沉默千年的思想，以水的形式，以火的形状，以劳动、汗水和脊梁的名义，涅槃出南高原火辣辣的春天，与春天里每一寸阳光一起明媚，一起灿烂。

大江两岸，木棉树或成林成片，或兀立陡崖，灼灼花朵如火如炬。自古以来，木棉树就高举起她的火炬，在这山水裂谷的上空谱写着悠远而凝重的传奇。她那灼热的血红及至纯至净的灼灿，把生命的张力和光辉表现得如此惊心动魄，淋漓尽致。她是质朴、坚韧、顽强生命的最好注解，这，也许就是这里的人们把木棉树称为英雄树的缘故吧！生活在裂谷的人，一旦选择了裂谷，就注定了他们的一生将与劳动、奉献、光荣和梦想等词汇紧紧地联系在一起，在汗水和花朵擦亮的预言中，尽情地抒写裂谷不朽的精神和传奇！

从雪山奔涌而来的冷艳的急流，充满着生命的灵性，穿山越岭，带着极地的深意和神奇，轻灵地丈量着行程的长度和坡度，在一个叫三锥子的地方与雅砻江合而为一后，更生长出百折不回的信心和力量，挤进峡谷便虎啸龙吟，遇到陡崖便惊涛拍岸，在奔腾和撞击中获得了自由落体的飞翔和快乐。他的任性和粗暴，使他奔跑起来的姿势有点独特，跌倒了又爬起来，一边缠绕白色的绷带，一边奔跑、呐喊……一往无前，奔向目标……

"青山留不住，毕竟东流去"，是水，终究要奔流出山。是的，裂谷留不住他，就像脸颊留不住滚落的泪水，花朵留不住流浪的种子，鸟的身体留不住打开的翅膀……

历史是如此厚重，历史是如此灿烂。山水裂谷，似乎都完成了对时间和空间跨越的使命，前可见古人，后可见来者，而历史与现实的交替，或许可以通过她——木棉树热血般红艳的花朵，来传达这一丰富而深刻的意蕴，她无疑是裂谷的灵魂，是裂谷的图腾，是裂谷的旗帜，是裂谷的象征！

2003 年 11 月 14 日

父亲的三角梅

近年来，与父亲的亲近，以及灵魂上的默默交流，在某种程度上是因了一种叫作三角梅的花。

这是一种以灌木的姿态恣意生长的变态叶子花。花瓣由三片叶子组成，因此人们叫她三角梅。一朵朵的三角梅长成了一串串的三角梅，一串串三角梅簇拥在一起，变成了一簇簇的三角梅。一簇簇的三角梅枝条斜逸，汪洋恣意，点缀着公园、墙角和城市的阳台。一丛丛，一树树，如火如荼，如霞如锦，绯红万顷，蔚为壮观。我就在这花包围着的城市生活着，久了，已不知沉睡花中的幸福。

有一年，父亲来到我所工作的这座城市，看到无处不在的三角梅，长叹一声："三角梅太美了！"父亲艳羡的眼神里包含着与三角梅神交已久，却又相见恨晚的情愫。

父亲的感叹使我追溯至记忆最迷离的极处，三角梅，应当是我童年生命中最美丽、最温馨的背景。

父亲是一个热爱大自然，热爱一切艺术美的人。他在四川一个小县城的川剧团当过美工，在文化馆当过画家，到边远的山村中学当过老师，他不断地变更着人生的履历，艰辛地挣扎在生活的边缘。他不是艺术家，却因为艺术而使自己的生活发生撕裂，可反过来说，生存状态是否也可以修正、提升和促进艺术呢，我不得而知。年幼时，他常带我到附近的郊县出差，于是我便有了离家远行的体验。一次次地离家，使我知道了还有远方，还有未知和神秘。稍大后，他教我背诵李白、杜甫、白居易、朱德、陈毅以及泰戈尔，至今我还能流畅地背诵泰戈尔的《游思集》："我们的生命，在无人渡越的海上扬帆前进，相互追逐的波浪，在做着永恒的捉迷藏游戏……"还有麦克迪尔米德的《空壶》："我走过石堆/看见一个蓬发的姑娘/她对她的孩子唱歌，而孩子却已夭亡/摇撼世界的风/唱不出这样甜蜜的歌声/照耀世界的光/也没有这样倾注的深情……"或许就是因为诗歌，使我对童年的记忆清晰而又完整。童年里的人，童年里的树，童年里的春天和秋天，童年里的花开花落、盛开和凋零、孤独和寂寞、苦难和泪水，使我对生命有了最初的认识，也有了最初的忧伤。大概是9岁那年的春天，我在落满梨花的院子里一遍一遍地听着广播剧《伤痕》，直到有一天，广播里不再传来那声撕心裂肺的哭喊"——妈妈——"取而代之的是清脆的鸟语，叮咚的泉水声。

"这是什么？"半晌，我抬起头去问父亲。

"你听啊，是《三角梅》！"

哦！三角梅与战士，战士与三角梅。

长大后，我才知道播放的是一位军旅作家的作品，但记不清是散文诗还是小说改编的广播剧了。只记得非常美。那时的父亲非常喜欢他的散文诗，在广播里听到，自是惊喜不已。那时的他在这些作家的优秀作品中感悟着、徜徉着，才有了他后来的散文诗集《复瓣的雏菊》。

是的，"多美的三角梅呀！"我也只能和父亲一样地感叹了。

那一年，在故乡，我虽没有见过三角梅，但在落满梨花的院子里，父亲叫我听广播《三角梅》的情景却极为深刻，已永远地镌刻在我的记忆的回音壁上，使我憧憬着一种至美的叫作"三角梅"的花。

我就是那样认识、爱上了三角梅，确切地说，是爱上了"父亲的三角梅"。并且在来到这座以花命名的城市时，初次惊羡于她的美。

春来时，绿柳红桃的美使人欣赏，却难以引起一阵一阵的惊怔。裂谷之春已被花团锦簇的美均分了。而三角梅那壮丽的美，不再是一种单独的显示，而是多方华丽的铺陈，一种力量的冲击。

三角梅的美就有那么强烈，一望无际的旷野上，它是唯一的主宰。从春开到冬，从冬开到春，永无厌倦的时候。高高低低、远远近近、疏疏密密，一眼望去，尽是三角梅、三角梅和三角梅……它从不计较身下土壤的肥力，也不计较它所寄生的一隅是简陋的土陶还是漂亮的花坛，在城市、在乡村、在田间、在地头、在农家的围墙下、在裸露的山脊上、在嶙峋的石缝里，尽情地展示绝美的风华。她的颜色极为纯净，绝不掺杂着其他的杂色，以大红、朱红、玫红为基调，偶有变色为深紫、橙黄或是月白，但都是极为纯正的颜色，一种颜色中绝没有其他的杂色来骚扰。

三角梅热烈、干净、纯粹。

父亲走了，回到了成都平原，也带走了对三角梅的眷念。

三角梅是亚热带植物，只适合在像攀枝花这样的亚热带城市生长，可有一天，父亲突然打电话来问我，什么时候回家呀？回家时，一定要带几枝三角梅回来。我很少回家，不是工作，就是其他的原因使我回家的行程一拖再拖。在父亲的再三催促下，我终于要回家了，得知我要回去，父亲在电话那头显得十分兴奋，再三叮嘱，不要忘了带三角梅。我怎能忘掉呢，其实我回家的原因，多半是为了父亲魂牵梦绕的三角梅。

当我带着几十枝剪成小截的三角梅枝条回到我久别的家时，父亲显然是做好了一切准备迎接三角梅的到来。我到家没几分钟，父亲就打了好几个神秘的电话，均说，来了。像是接头暗号，使我怀疑自己被当成了地下党。没过多长时间，陆陆续续地来了几个人，均和父亲一样是头发斑白的老头，父亲对他们介绍道"这是我女儿"，来人客气地对我点点头，然后他们的注意力马上就转移到三角梅上了。说出来的话也大致相同："就是它呀！"他们无法想象眼前这拇指粗的东西会怎样繁花似锦。但我又并不担心，我能猜想到父亲早已把三角梅的明天对他们做了奢侈的勾画，他们心中的原野上早已开满了枝繁叶茂的三角梅。送走了最后一位客人后，父亲把剩下的三角梅一头封上蜡，另一头则浸泡在水中，父亲告诉我说，这水是生根水。显然，父亲认为封上蜡，三角梅的水分就不易挥发；泡上生根水，三角梅便能很快地生根发芽。其实，在攀枝花，三角梅是不需要这样的待遇的，只要把枝条往土里一插，就能顺利地长出一簇枝繁叶茂的三角梅来。当我对三角梅在平原的生长表示担心时，父亲马上打消我的顾虑。他说，不远的一户人家栽了一棵三角梅，十分高大，嘿呀——不得了，太漂亮了。说着就要带我前往。于是，父亲就推着自行车在前面带路，而我和儿子则尾随其后，三人一行浩浩荡荡地去参观三角梅。

父亲老了，身体发胖，动作也不灵便，当他回头对我说话的时候，还露出几颗缺牙，这使他的小外孙看他的眼神十分陌生。

他的小外孙离开他回到我身边的时候他的牙齿也还坚固。于是我对他的孙子说："外公老了。"小外孙便在很短的时间内接受了他的衰老，并要求坐到外公的自行车上。外孙的举动使他走路的频率加快了，差点我就追不上他们。

穿过几条大街，几条小巷，在一个幽静的小巷子里停了下来。终于我看见三角梅的枝枝叶叶从一户人家高高的院墙内伸了出来，虽是枝繁叶茂，但未见着一朵花。可这足以让父亲艳羡。他说，他曾经想出钱给人家买，无奈，这户人家也十分珍爱，没有同意，连一棵枝丫都未舍得分给他。父亲说，这是他在崇州，当然也是成都平原见过的唯一的三角梅了。我想这回父亲注视三角梅的神态大概与以往有些不同吧。因为他也有了自己的三角梅了。

我走以后，父亲来电话说，三角梅只栽活了一棵。我有些自责。我觉得我没有认真地对待父亲的三角梅，要是当初我在剪枝的时候好好地挑选一些枝肥叶壮的带回去，结果不会是这样。要是我不怕麻烦，事先就为父亲好好地栽培一棵带回去，父亲也不会盼得这么辛苦。后悔归后悔，可我不知什么时候才能回去了。

以后在给父亲的电话中便忘不了要询问三角梅的长势了，三角梅开花的那天父亲也没忘打电话来向我汇报。他说，花开了，但开得不多，他很满足。并总结说，还太小了，并且气候也不好，开不多。末了没有忘记说一声，下次回来时再带点来。

可我一直都没能回去。三角梅艰难地在成都平原生长着，几年过去了，它长得并不好。只不过为父亲的阳台增添了几许红色而已。

2005 年 4 月

玉碎的天鹅

灿烂嘹亮的陨落/尽在不知不觉中/从凄艳的舞姿到带血的泪光/仅仅只有一步之遥

——思源《回望天鹅》

成都平原的冬天是阴冷潮湿的。我担心着常年咳嗽不断的父亲，便放下手中的一切事情细心地为父亲织了一件毛衣，顺便也给九姨婆织了一双红颜色的毛袜，父亲便来电话说，毛袜非常合脚，正值九姨婆的诗集出版面世之际，为了表达她的感激之情，她特意嘱托父亲寄来馈赠与我。

九姨婆余德充是我父亲的舅母余德秀之九妹。1948年我父亲曾在成都与她相处过一段时间，那时的父亲就读于一所私立教会小学，而九姨婆正在读华西大学。记得九姨婆当时戴一副眼镜，白衣黑裙，袅娜清秀，不甚言语，然而对父亲他们侄儿辈却十分亲切。岁月匆匆，父亲与她一别竟59年，再见她时已是一龙钟老妪，卧病在床，失去左臂并双目失明矣。

癌症置她于死亡的边缘，一卧不起。从此，她褥中斗癌魔，已悠悠十载有余。癌魔先断她的左手臂和左肋，继而又夺去她的双眼，可敬的是她在身残病绕的余生里，胸中尚有一盏灯光大心灵，舒展襟怀，支撑着她刚强的生命。是诗痴助她战胜了癌魔。十多年来，她凭借自己的毅力，冥思苦吟，所赋诗词都得赖他人抄录。

我很少回家，也就见不到九姨婆，自然只能捧读这本《朦胧集》，体味一个残疾老人晚年用膏血熬炼而成的诗篇。九姨婆的诗词如深秋之水，缓缓凉凉地流过我的眼前。初读，有一些微波，有一些淡淡的哀愁；再读，却激动人心，令人唏嘘不已；三读，则使人潸然泪下，泪湿衣衫矣。那人生的喜怒哀乐，悲欢离合，荣辱成败，坎坷顿悟，无一不在诗词中表现出来。其诗，多抒发人情物情，故乡之情，爱国之情。其中《病中吟》《病中乐》《斗癌魔》等诗篇，豁达乐观地与死神对话，读来感人肺腑，令人动容，而诗词中多对革命烈士张露萍的怀念与歌颂。张露萍是九姨婆儿时的友人，也是九姨婆的侄女，她们年龄相当，同窗共读，志趣相投，亲密无间。后来张露萍投身革命，壮烈牺牲。物以类聚，人以群分，九姨婆虽然当时没有随张露萍一起去赴汤蹈火，但参加工作以来兢兢业业，忠于职守，也可以说是为国尽忠的一种表现吧！鲁迅文学院孙玉石教授说："人品好，诗品好，是为上乘。"九姨婆的诗品人品该当如此。她所忆的童年旧事，读起来也饶有情趣："隔院钟声声报晓，争先恐后穿衣好。挑灯对座课重温，蘸墨同池写还校。德秀勤书字百四，家英偷阅新华报。月残西坠乌啼时，乍见邻炊烟袅袅。"（家英：系革命烈士张露萍之乳名）晚景的悲凉，也在诗中有所体现。在一首七绝中，"成双残女永相伴，一点灵犀共晚年"写的是双目失明的老妪相伴，只靠心灵相通互为安慰。呵，这是幸福还是悲凉，我看是表层的幸福，深层的悲凉；是前景的幸福，背景的悲凉，比司空曙的"雨中黄叶树，灯下白头人"更为悲凉，后者是苍凉的季节，而前者，却是整个的人生。

听父亲讲，九姨婆年幼时深受父兄的熏陶，常在寒冬围炉，听他们讲述钱苑之趣事，也对古币产生了浓厚的兴趣。青年时代由于"文革"的影响，不得不放弃爱好，直到临退休前，才得以写成银行小志《货币篇》，后不惜重金购买《二十四史》、参考历代《食货志》，以《古钱大辞典》作参考，写成《古币欣赏》大半卷，直到目瞽以后无法完成此著作，只好作罢，真是可惜。

读着九姨婆的诗，想起她多情而坎坷的人生，我的眼前竟幻化出一只折断了翅膀的天鹅，她要挣扎着翩翩起舞，凄艳的舞姿美得只剩下了美。是向在天空道别，还是在向天堂递交名片？

呵！玉碎的天鹅。

2003 年 6 月 8 日

羽童的电脑绘图

人间烟火

　　在我很小的时候，我学习过美术素描，临摹的第一幅人物素描就是《矿工》，在《连环画报》上读到过的印象最深的作品《煤精尺》也是反映矿工生活的。印象中的矿工们总是穿着很厚的蓝布衣套，拄着棍子，头上戴柳条编成的帽子，最引人注目的就是他们头顶上的镁光灯，那是他们的标志。在后来的大多数时候，我看到的关于矿工的图片，脸色像水一样平静：没有局促，没有掩饰，也没有怀疑，他们的眼睛透彻得几乎可以看见拍摄者的工具，他们从事着天底下最危险的职业，可是却很少有其他人群的肖像能够像矿工这样诚恳，同时又饱含力量。然而，我对他们一无所知，因此，根本无法知道他们为什么那么沉静，他们内心的力量又来自何方。

　　他们离我们又是那样遥远，一群远离城市喧嚣在黑暗的深处开采挖掘着的人，一群为我们提供着所有的燃烧和热量来源的人，在巨大的物质生活面前，他们其实是一群面容模糊的群体，被来源于全国报刊媒体不绝于耳的瓦斯爆炸、煤矿透水、矿难、解救等词汇一次次地拉近。因此，当我和本市几个文学爱好者以游历的方式去攀煤集团公司小宝鼎煤矿去体验和了解矿工的时候，总带有一点"较高阶层"深入民间的味道。

经过一个多小时的路程，我们来到了小宝鼎煤矿。小宝鼎煤矿宣传部的李部长告诉我们说：看煤矿主要是看它的井，有井才有矿，煤井是煤矿的主体，煤矿的品质和内涵全藏在井下。下井，对于外界来说，是一个陌生的行为，于我们也是一个难得的机遇。按照矿山安全管理的规定，我们这些要下井的人员必须和矿工一样穿戴好全套的用具。我们跟着宣传部李部长及安全处长来到更衣室，一切装束停当。此时，安全帽沉重得像钢盔，皮带紧扎腰上，佩戴在腰间的矿灯充电器及紧急安全包，怎么看，它都像装着一盒沉甸甸的子弹。我们在下井之前以这样全副武装的姿态照了一幅集体照，我们表现出来的那种虔诚但同时又充满悲壮的意味，就仿佛全副武装的战士，将要在黎明前和敌军进行一场关系到生死存亡的决战。井口有人在朝着我们的方向走动，那些人就是下工后的矿工。他们跟我们的装束是一样的，不一样的是他们的脸是黑的，脖子是黑的，手是黑的，脏污的工作服上充满刺鼻的汗酸味儿。面对他们，我觉得刚才我们的照相多少显得有些做作。

现在，我们开始正式步入井巷。在井巷长长的入口处，每隔几步就会在巷道两侧的白墙上看到醒目的大标语："母想妻念儿女盼""条条规章血染成，不可再用血验证""放炮开车不防尘，慢性放毒害死人""严是爱、松是害，出了事故害三代"……除了标语外，还有漫画，有职工自己创作的安全诗歌以及书法美术作品。随行的宣传部的同志介绍说，这是煤矿的安全文化长廊。安全是企业永恒的主题，在煤矿企业尤其如此。小宝鼎煤矿的安全文化长廊做得这样好，安全文化氛围应当丝毫不亚于攀钢。有这样的一道安全文化长廊，我眼前的巷道理所当然的是那样宽敞，明亮，干干净净，没有我想象中的巷道应有的丢弃物和横七竖八的破烂工具。

巷道中有风，每走一段距离都会有一道门，被告知是风门，用来调节风量的大小和方向。风门在我们身后每关上一次，头顶便传出一阵闷雷一样的响声。走过两道风门后，光线减弱，我们开始依靠头顶微弱的灯光前行。在漆黑、幽深的矿井里，我们排成了一支小小的队伍，一个紧跟着一个，走在两道窄窄的钢轨之间的碎石上。此时，周围的黑，在我眼里，就是煤矿的主色调，这黑，对我来说，是威胁，是吸引，更是一个谜，是我必须用自己的眼睛和感官去戳破的沉沉大幕。但，我不是蚯蚓，我对地面下的事情一无所知。我必须紧跟着前面的身影，否则，面对地下这么多曲曲折折的巷道，我会迷路。我想，井下的生活应该是非常累的，虽然说这是一个现代化的矿井，但矿工们每天要穿着厚厚的衣服，背着自救器，戴着矿灯，走很远的路到作业层，单是背着我身上这几样必备的东西行走，就已经可以锻炼人的力气了。

洞越来越窄小，洞中流转的是沉重闷热的蒸汽，有那么一小会儿，我感受到了胸口的沉闷。就是在这里，我已经体会到矿工的心是天底下最细腻最善良的心。他们战斗在最黑暗的底层，可是他们心细却如一根针，以至于要刺穿我心头一根根的泪腺。行进在队伍中，常常有一个人会时有时无地伴随在你的左右，会无微不至地叮嘱你，小心脚下！遇到上坡或下坡，担心你走路不稳当，滑跌，他会拉起你的手，直到你让他能感觉到你走路平稳。这一切，仅仅是因为你在 10 年前开过的一次跟文学有关的一个什么会，他记住了你，而你却从来没有记得过他。当你愧疚地告诉他说，那次会记得，但他却记不得了。听你这样说，他也并没有丝毫的不快表现在脸上。一直说，我喜欢你的画。喜欢看你写的文章。这时候，我的心里真的不是滋味：我想，我记住过许多的人，可却没有真正记得过一名矿工。

走了很长的一段路，我们来到了一个配电中心，这里面只有一个人在值班，我们走后，他还会一个人坚守在岗位上，面对无声的机器，直到下一个人来换他。我想，除了一般性的巡视外，面对漫长的冷寂，他还可以做些什么？他又想些什么呢？没有人能够回答我，他内心的世界，当然只有成为一名真正的矿工后才能知道。

又走到一个巷子的尽头，我看到了一道门，门上写着：3101，也就是说，我们目前在海拔3101的地方，我们由此换乘小火车，下降80米，向采掘面驶去。现在，一辆缆绳牵引的矿车将我们送入地球的内部，我知道迎接自己的是更深的黑暗和发光的乌金。行走在厚厚的煤层中间，脚步丈量着柔软的黑暗，引导我摸索前行的，只有一片孤独的光明，我却如盲者牢牢抓着一根盲杖，把它握得越来越紧。在掌子面，我真的看见了一层层的煤。它们整整齐齐地分布在岩石中间，闪烁着金属般的光泽。每一层都有七八十厘米那么厚。肉眼看到的就有两层。我叫出了声：啊，这就是煤！我知道，我现在看到的煤跟火车上运载的煤，从身边驶过的汽车装载的煤以及我们常常在口中提到的煤是那么不同。在这里看见煤，我似乎已轻轻地翻开矿山的封面，走进了煤的故事。寂寞的煤层，让我读出了岁月的漫长，读出了收藏在矿工内心深处的冗长的句子，读出了让矿工跋涉不止勇往直前的矿山很长的一条路。煤，藏在最危险的地方，开采它们，既需要现代化技术，更需要勇气和奉献精神——这才是最锐利的钻头，无坚不摧！

　　哦，终于抵达狭窄的掌子面，高处一条新开掘的掘进层已经向无尽的黑暗递进延伸了70米，矿工们就是在这样一个高仅70厘米，宽仅能容下一人的掘进层里，艰难地操作着旋转的机器，在飞扬的煤尘和轰鸣声里，为这个世界开采着人间烟火！我想着那些上夜班的矿工，傍晚，当太阳落入地下，他们便披挂整齐，下井去了。人们睡觉时，他们正在井下用火药和铁器采伐煤炭。清晨，太阳刚从东边的山梁冒出来，他们也乘坐罐笼从井口升了出来。他们不是夸父，却追赶着太阳，跟太阳走的是同一条路线。

　　我一定要去亲身体会一下在这样的通道里劳作的滋味，在李部长的带头下，我和几位身材娇小的女孩子也勇敢跟随着从一架小小的铁梯子攀上去，钻进了这样的一个洞里。头抬不起来，只能曲着身体向前爬行，左边是开掘出来的煤通过一个滑槽，右边是一条粗粗的橡胶管子，是风管，上面已有补过的痕迹。通过它，我仍然感觉到了风。风啊，这流动的氧，在这里该是多么弥足珍贵，它使一个生命的肺叶，犹如鱼鳍，能够正常翕张。可是，在地面上，在繁华的城市，天天有吹来的清风爱抚我的脸颊，我却很少感受到它的温柔，还有那明亮的阳光，每天都在照耀、护送我上班、回家，我却习以为常，对仁慈的太阳赏赐的恩泽熟视无睹，甚至，在夏季，还嫌弃它太过热情，竟要躲藏在一把遮阳伞和一副墨镜后面，把它如葵花般绽放的笑脸冷落！

　　此时，前面还有70米这样的黑暗，可我的攀爬是那样艰难！

膝盖被煤炭硌得生疼，汗，不争气地从脸上淌下来，呼吸是那样粗重，我胆怯了，我计算我需要花多少时间才能够到达作业地点，我想如果是我在这样的地方作业，我能按时完成作业任务吗？这样的黑暗和孤独的探索，而且是长年累月，我会哭吗？我会在怎样的状态下回到掌子面休息，并在这样的地方脏着脸并用沾满煤灰的手吃下午饭？

到煤矿去，不去一次井下，怎么能知道煤的老家；到煤矿去，不去一次采掘面，不去钻一下这样的深洞，怎么能知道煤的坚强。你不可能说出对矿山了解，对矿工了解，因为你没有发言权。而就是钻过这样的井，仅仅一个小时的工夫，也同样没有发言权。在矿工面前，我只感到自己的渺小和乏力，所受的艰难困苦一句也提不起来。矿工和那些乡土的农民一样，他们是被遮蔽的一群，人们只是听到矿难的消息才会想到他们的存在。现在还好，有了矿难媒体还在报道。但现在媒体的报道只停留于事故的简单经过，仍然无法触及矿区的精神层面。也许只有文学才能深入地呈现矿区丰富和复杂的精神性。而文学的深入在今天同样是那样乏力。好在，我们还是来过了，仅仅是一个偶然的机会，或多或少地感受到了另一层炼狱般的天地。

从井下出来，我第一次那么深情地朝东仰望太阳。我是像一名矿工一样，带着繁重劳动后的轻松和大量付出后的满足仰望太阳的。那一刻，面对阳光愉悦心情不言而喻，我在心里念着太阳的名字，几乎对太阳伸出了双臂。时令到了初夏，徐徐拂来的是万物复苏后散发出的清新气息。气息扑入鼻腔里，还涌进自动张开的毛孔里。气息是湿润的，还有那么一点甜蜜。这时我的心情不只是愉悦，还升华为呼之欲出的诗意，矿区的味道最柔软和酷烈，构成了我眼里的景观和心灵的景观。我心中的煤矿以及煤矿工人在我一次短短的走笔中，一个词在我脑海中久久徘徊，那么生动，那么具体，它就是煤，它就是人间烟火。

2007 年 6 月

逝去的盐都

喜欢杜拉斯的小说《情人》中的一句话："我认识你，我永远记得你。那时候，你还很年轻，人人都说你美。现在，我是特地想告诉你，对我来说，我觉得现在的你比年轻时更美，那时候你是年轻女人，与你那时的面貌相比，我更爱你现在备受摧残的面容。"

是的，位于云南禄丰县的黑井古镇在我心里就是这样的一个曾经风华绝代的女人。现在，我从攀枝花出发，坐着早晨去往昆明的那趟最慢的慢车去看她，并将在那里度过 2007 年的春节。近两年，黑井成了一个旅游点，大批的昆明人和攀枝花人以及不明来路的外地人一波接一波地向她涌去，乍惊乍喜，带着不同的表情和心情。一帮朋友回来说，黑井值得一看，也有朋友回来后大失所望，一无所获。我曾于 2005 年冬天走了一回黑井，回来后，对那些想去仍未去的朋友说，对文化不感兴趣的人最好不要去，喜欢热闹的人去了也会后悔。黑井不是玩的地方，它是一杯上好的茶，必须耐心地品味。

下火车后，马车仍然是通往古镇唯一的交通工具。虽然拉的是游客，但仍觉得像是拉了一车的化肥一样，把我们拉到目的地。尽管新近铺了柏油路，但马车颠簸得厉害，仿佛重温着黑井大起大落的人生经历，此时我看见手机上的时间正被金色的阳光覆盖着，像掩盖着一个巨大的秘密。

盛极时的黑井，车来马往，商铺林立，盐商灶户家家兴建房，男女老少披金戴银，镇内兴资办学，镇外产业兴旺，甚至将昆明的祥云街、拓东路整条买下。黑井产出的盐，盐白胜雪，却名黑盐，乍看字面不起眼，却是响当当的金字招牌。唐贞元十一年（795），唐使袁滋在《云南记》中就有记载："黑井之盐，洁白味美，惟南诏一家所食。"清末民初，黑井盐的制作达到鼎盛时期，纯手工作坊年熬锅盐达五吨，南疆数省，边陲邻国，以享黑井之盐为荣，闻名全国的宣威火腿自古代起就必须用黑井之盐腌制。

往事如烟，只留下苍凉的背影。

站在黑井任何一条小巷内，它的沧桑、古老和神秘很容易被感受到，在低矮的门扉下，似乎还可以看到马帮出发的情景，没落的老屋前，分明闪烁着挑卤人遥远的影子……山墙上的描花，轻轻地被风划过，只有风知道它复杂的内涵，精雕细镂的门窗，隐藏着黑井人最细心、最久远的期盼，尤其是高高地立在山头的古寺和古塔，始终默然地注视着古镇轻轻飞扬的华发，眼中的黑井便让人无端地忧郁起来，怪诞起来。尽管小镇被蜿蜒的大山和河谷厚实地封闭着，黑井人却是最有资格随时像阿Q一样理直气壮地自豪一回的。"我的祖上曾经阔过！"他们可以这样直截了当地说。甚至也不用说一句话，外人同样能一眼望穿它的过去。

黑井制盐的炊烟远在汉唐时就已经弥漫在龙川江边，并由此有了"烟溪"的别称，但在驿道贯通之前，这里的小锅盐以及因之而可能产生的一切都只是自给自足的小打小闹。而在驿道开通之后，黑井突然爆发了，爆发得让黑井人毫无心理准备。1274年，当赛典赤的战马拴到了云南行省的宝座前，云南的开发进入了一个兴盛时期，当一个名叫完者兀的战将从马背上跳下来的时候，他就与黑井结下了不解之缘。他将从此结束血雨腥风的征战生涯，以盐课提举司的职位承载黑井人"站起来，走出去"的迫切目光，像对待一个战场一样端详着一个小小的"盐"字，在万马奔腾中看见了三条出路：开发盐井、修筑驿道、兴建集镇。黑井由此走上了它的创业路。黑井人从此见到了外面的世界。

洁白的盐巴从这里下马，久久地沉积着。黑井人不想出名都不行，不想暴发也几乎不行。驿道在延伸着，贸易在扩大着。明军的利刃划伤了元王朝疲于征战的马脚，却丝毫未触及黑井人的皮毛。深居山中，弹丸之地，却富得流油。执政盐政的提举司使以更深邃的目光环视了黑井的路途，又分别修通两条连接永昌道以及经元谋接灵光道出西川的驿道。同时，用道路把四周的琅井、猴井连接起来，以一个局域网连通庞大的广域网、国际网，使盐的贸易深入更广泛的地方。黑井进入了从未有过的繁盛时期。

我始终以为，天底下最荡人心魄的情歌莫过于黑井从前的"马锅子"唱的情歌了——"哥那个在至高山上放呀放放牛，妹那个在至花园那个梳那个梳梳头。哥那个在至高山那个招呀招招手，妹那个在至花园那个点那个点点头。"既热情奔放，又含蓄婉转，既有诗情画意，又有情节发展。真个是美不胜收！站在龙川江上仍可以看到，今日的河滩，仍是马的河滩。可以想象，在那一去不复返的岁月里，这些艰苦的路上走着怎样的马帮和马锅头，黑井的黎明一定是被驮着盐巴的马蹄踩出来的——当那骡脖子上的铃铛悠远地穿过小镇，人们甜甜的生活就开始了。从大老爷到挑卤工，每个人的心中都充满了对新生活的向往。傍晚，龙川江简直就成了马的河滩，人和马在这里欢腾、嬉戏，像被流水洗净的一个个石头，像刚刚驮回来的一锭锭白银。

在马和驿道的背后，是黑井人留下的一串咸咸的关于盐税的数字。明朝，占云南总税赋的 67%；清朝，占云南总税赋的 50%；清末民初，占云南总税赋的 46%……

之后，黑井人不再言语。

……

"古今多少事，都付笑谈中"！人杰地灵，盐丰课足，黑井人阔绰够了，也热闹够了，当浮华的潮流走到巅峰的时候，也就是它渐渐地消退的时候。很多黑井人根本没来得及对生活做出必要的交代，金粉珠帘，紫竹笙歌的日子就一朝尽失了。其实这一切并非偶然，只是人们太迷恋于明日的黄花了。就像曾经亲手点燃了季节的蝴蝶，不知道会有折翅的秋风。

如今，在黑井的街道上，随处可见到绣花鞋这样的旅游纪念品，被外地时髦的男男女女买来穿在脚上。是想感受一下旧时妇女或男子踩着女红，轻软地走在地上的感觉，抑或是想做一回黑井人，回到旧时光里过着有滋有味的缓慢从容的生活？这些有模有样的布鞋，使我想起了作家洁尘的一段文字，她是这样写的（对于天才的文字，天才的感觉，你只好照搬，因为你没法写得比她更好）："旧时的乡村女子也需要亮相，她们从很小的时候就在母亲的指导下精于女红，开始为自己的出嫁做漫长的准备，其中之一是纳一双鞋底；她们将自己的精致、细腻和耐力，通过细密绚丽的图案和做工呈现在鞋底上，不过，是外底，不是内底。

我看过不少这种民间风格的鞋底，它们的魅力不仅在于色彩搭配和图案设计的感染力，还在于它们体现的那种绵长的时间感和幽寂的空间感。这样的一双鞋，在闺中密友或乡邻乡亲间短暂地亮相之后，在制作者的能力得到充分肯定之后，就一脚踩在地上了——这一脚踩上去的还有整个少女时代。这种付出需要的是不自觉的勇气，是一种在仪式感里才能寻找到的勇气，相当的惊心动魄。""我们这些现代女子，没有能力承载这样的勇气和惊心动魄，问那些踩着一脚的葱绿桃红走路的旧式女子有什么感觉，我想也不会有答案。踩在地上，就是一种结束。"

还有一些造型别致的小鞋子，如今成为手机上的装饰挂链。小巧得连一根小手指头都伸不进去。就像黑井传统的小锅盐一样，也早已失去了原本的价值。

我始终认为，不管过去还是现在，黑井都应该是一个生活的地方，尽管它过去是一个重要的驿站，尽管它一直透着神秘的气息，它的本质并没有改变。今天，这些街道上依然保留着四坊的旧模样，而街道上的一切也并没有完全消失殆尽。走在窄窄的街上，两旁依然是清一色的一门、一窗、一铺台的旧式模样。这一条街也就是被这些木板的墙和屋内琳琅满目的货物轮番点缀着，像京城的林家铺子。生活，对于黑井的人来说，也不过就是一个简单的姿势，一天天地悠悠而过罢了！

经过数百年外来文化的冲刷，到了民国年间，黑井具备了大都会的气魄和心态。人们每天都在追求高品位的文化生活，想把日子填得更满，想把排场搞得更大。月月常新的节日，是他们摆阔气、享受生活的最好方式之一。当然最能挑起节日气氛的就是唱大戏。大龙祠、城隍庙、土王庙，无一不是唱戏的好地方，其中以大龙祠的古戏台人气最旺。在这座红极一时的戏台上，上演过无数经典的剧目，其盛世，可与昆明的大戏院匹敌。戏台坐落在半山腰，与大龙祠连为一体，围成一个宽阔的天井。中间的天井则是观众的地盘。在过去，这里笙歌乐舞，万人云集，不舍昼夜。可今天却空下来了，空得像一张未烧尽的纸，让人有些心虚。

我在黑井期间，大龙祠天天上演滇剧，遗憾的是，除了游客凭门票观看外，其余的本地人却一概被挡在门外了。（门票是通票，进黑井要购一张价值42元的门票，可到各个景点观看，免费提供导游）我坐的位子，以前是县太爷和达官贵人才能享受的，那天，我独自欣赏了一台滇戏。寂寞的舞台，寂寞的看客！但阳光正好！回头望去，一块雍正皇帝御笔题赠的"灵源普泽"匾，仍悬在屋檐下，像一只迷路的蜘蛛。稍不留意，就会被错过。

黑井，当你认真欣赏了节孝坊这一名传四方的建筑艺术精品后，当地人总要神秘地让你找出它与别处牌坊不一样的地方。或许有心人早已看在眼里，在一条条尊贵的龙上面，竟然卧着一群凤，这是古建筑史上十分难得的一景。据说，这是慈禧太后的旨意。但我一直不明白她为何要在这"天末"蛮荒之地体现如此大胆的思想，她的旨意，又是通过怎样的方式传到千里之外依然原汁原味？节孝坊，记下了87位节妇的名字，但却记不下无数妇女流不干的眼泪和守不尽的寂寞。

黑井民居中的佼佼者，当数武家大院。按照富人居僻静处，普通人家居闹市的生活习惯，这个大院高傲地坐落在一排排商铺的后面。据说，大院盖得过于繁华、张扬，大有盖过县衙门之气势，官家定了一条很无理的规矩，不准武家将大门开在正街，楼也不准高过三层。武家动了些脑筋，干脆朝北开门，与不远处的文庙相互呼应，纳一股祥和之气，承一袭儒学之风，不动声色地占了个大便宜。大院完全是土木结构，布局严谨，风格流畅，从建设到完工历数十载，雕琢费心思。建筑依山而上，屋子依地势为三层，上下两个四合共构成一个外人轻易看不出来的"王"字，把主人武维扬"黑井第一灶户"的霸气永远地保留了下来。整个大院错综复杂，走廊、阳台错落有致，各种雕刻点缀其间，大小不等的楼梯和石阶相互连通，各单元又相对独立，局部甚至突然中断，要扶着门沿才能跨上对面的梯子，有一种暗度陈仓的感觉。据说，大院的主人当年请来京城有名的建筑师，设计上还纳入了法式风格，可谓费尽心机，堪称民居建筑的大手笔。

站在武家大院，旧时光的气息扑面而来。在一间较大的房间里，我看见了一排围成长方形的红色桌椅，这个十分西式的豪华排场是做什么的？给家丁开会用的，还是吃饭用的？让人想入非非。抬眼看去，发现武家私家戏台上的一间绣楼，这间绣楼一直空着，因为主人没有生下千金。看来，《西厢记》的故事永远不可能在这儿发生，以及千金小组身上可以展开的许多故事情节，都含蓄地埋葬在这间绣楼中了。

在黑井，不美美地尝尝当地的特产，那是会留下遗憾的。吃也是文化的表现之一，古驿道让三川四码头的人聚到黑井，也就把各种风格的"吃"带了进来，黑井人由此养成了考究的饮食习惯，即使在经济已经失去往日阔气的今天，也绝不将就。他们耐心地把生活的火苗点燃，每一个细节，都看成是生活品位的一个重要部分，从不马虎。黑井的牛干巴风味悠长，一律采用黄牛的精肉，并以黑井自产的井盐腌制而成，和臭豆腐一样，是黑井人最愿意在外人面前展示的美味了。黑井人将山上采来的松毛铺在牛干巴和臭豆腐上一起烤，这样烤出来的牛干巴除了牛肉的浓香外，还散发着松毛淡淡的植物清香。臭豆腐也是一样的道理，经烘烤后，清香四溢，皮脆里嫩，风味独特，美不胜收。在黑井的饭店，我还品尝了黑井最有名的盐焖鸡，该美味最大的特点是没有添加任何香料，却风味浓郁，让人真正品尝的是黑井井盐的味美及鸡肉的肥嫩鲜香。据饭店的伙计讲，此鸡的做法工艺复杂，是将杀好的土鸡用棉纸包好放在一口大铁锅内，然后用黑井最好的丁泰盐埋好，用小火加热后，盐的味道自然浸入鸡肉内，同时通过盐的热度将鸡肉慢慢焖熟，这样焖出来的鸡肉肉质十分细腻，鲜嫩。为达到此风味，一般需要几个小时才能做出一锅。黑井人由此还开发了盐焖肠、盐焖肝等系列美味。

除此之外，黑井的饭店几乎家家都有"灰豆腐"这样一道美味。黑井人把质量上好的豆腐在油锅内炸黄，然后拿到碱水中浸泡，再拿来用水煮，放上青豌豆苗、芫荽、辣椒、味精，色香味齐全，令人食欲大增，可是你不能急，心急吃不了热豆腐，因为这道菜最美妙的地方就在于一个外脆里嫩，只轻轻一咬，那脆皮包着的原汁原味的嫩豆腐就会流出来，如果吃法不得当，就会被烫着的。

每次到云南，我都有一个突出的印象，还会由此得出一个结论：广东人跟动物过不去（凡是天上能飞的，地上能跑的，都要想方设法地弄来吃），而云南人则跟植物过不去，凡是根类尽能做成咸菜，凡是花类都能当菜吃。不过，云南人的吃显然高雅多了。这次在黑井，就顿顿有花吃，比如：石榴花、茉莉花、棠梨花、白刺花、攀枝花等花品，被黑井人七煮八炒地就成了美味。

　　就要离开黑井了，坐在"烟溪客栈"楼顶的阳台上，我看见早晨的阳光，穿过黑井时变慢了。我在这里看见时光对人和事物的耐心等候。时间在往后移动，所以我们看见的全是过去。我想，我还会再来黑井吗？假如有一天，我需要像一个作家那样进入真正的写作的时候，这里会是一个十分安静的地方。或许不会再来了，那么，我与她的挥别，可能就是永生永世了，可她还在那儿，面对时间，她比我们任何一个人都更有耐心……

2007 年 3 月 16 日

混响三则

一

和往常一样，今天照样要接到数不清的电话。对基层单位，对上级部门，对报社，对电视台，对传稿过来的通讯员。还有，就要庆祝党的生日了，节目的彩排、会场的布置、节目单制作、参加演出的同事找我帮忙找配乐诗朗诵的音乐，手头内部刊物的编辑、印刷……来往电话夸张到要导致办公室的线路堵塞……

然而后来的三个电话，让我陷入长久的寂静和遥想中。

第一个不算电话，只能算是短信。他在信中说："已按地址给你寄去，希望你能喜欢。如果你看它有卖相，可否替我卖一卖？比如参加征文比赛什么的。自从毕业，因为负担过重，十几年没有订阅过报刊了，我缺信息啊！"

于是我拾起案头一沓还来不及看的打印粗糙的诗稿翻阅起来。这是一组长篇组诗《我的美人叫燕麦》，有以下篇章：《我背着我的死》《冬天即将过去》《海拔3800米的燕麦》《在这里生活》《站在寄宿的矮郎街上》《一群人按年龄大小依次端坐》《风，不停地吹》《我也想把祖国比喻成母亲》《在一起》《我的一天》《我觉得寂寞》《抽烟的人》《原野》《休息在一座小山上》。

20 世纪 80 年代，在我还不懂诗歌的时候，却和他一样地爱着诗，写着诗，在凉山，我曾与他就诗歌的品质、诗歌的美学追求、诗歌的写作理想、诗歌的叙述方式等有过漫无边际的书信交流。在凉山，我们一群人曾经为诗歌而疯狂过，挣扎过。而最后，老实讲，在诗学层面不断发出追问使我疏远了诗歌，因为困惑、因为敬畏，我的疏远便是逃离。回过头看，那种相对沉重或者舒缓的精神逃离于我是相当可怕。我已经离真正意义的诗歌很远了，包括离诗人很远了。

他是真正的坚守者。

我想，他能走到今天，肯定与某种内心的期望有关，与内心还有着的潮湿有关。

作为诗人，他是幸福的，他还没有失去诗歌的心脏、对诗歌语言的把握、对现实场景和生存状态最深刻的表达。作为诗人，他又是不幸的，20 多年来，他一直在自己的家乡教小学，教书之余，他种自己的地，种地之余，他写自己的诗，写完后，他只能对着大山、对着烟草地、对着羊群、对着租来的房屋的墙壁，对着属于他和他的妻子共同财产的双人床发表他的诗歌。

对于人群，他没有一个真正意义上的读者。

他是如此寂寞。

而我有博客，有网络，有着还算像样的阅读……

还写着一些离诗歌很远的诗……

对于周围的很多事情，我已经失语，尤其对他，我说什么好呢？说，我喜欢你的诗，这样的话，对他来讲，真的是微不足道。可以不说。因为，他的诗，早已发表在我的心里。

但是我必须真诚地对他回信道：在我的博客上发表可以吗？先付一年的杂志钱。

二

第二个电话是妹妹打来的。此时我已下班回家，妹妹在距我这里有十万八千里的城市举目无亲地活着。一个母亲生下来的妹妹啊，一生能有几次机会见面？人生就老去了！妹妹用手机给我打电话，哪怕此时她在家里，她都用手机打，这让我感到心里不踏实。我曾对她说，为什么家里不装个电话呢？她在那里诉苦，房子还没有固定，所以暂时不想装。

电话一接通，那边就发出一串串"哎哎哟"的声音，还连着喘气声，我说，怎么啦，这个样子。妹在那边就笑起来，姐，我快累得不行了，简直是"爬"回家的。

我一下想起来，快放假了，正是高校期终考试的时间。妹所在的文印室得负责全校上万张试卷的调档、复印、装订、分发等工作。妹在电话里哼哼唧唧地诉说她的繁杂和辛苦，她在说什么我不知道，我出现了短暂的思绪混乱。

妹是文印室的负责人，手下却只有一个"兵"。这个兵对妹却有着极大的不满，她是一个大学生，却在文印室里干着简单的复印工作，来的时间不久了，单位却以临时工相对待，本以为文印室张姓的管理试卷的老师一退休，便可以接替她的工作了，然而妹从广东调到了丈夫所在的学校，并且在很短的时间内接替了张姓老师的这份工作。她为之奋斗、渴盼的这份工作，被妹妹"夺"去了。事实上文印室的工作量那么大，她们两人没有一个人是可以轻松地挣回一天的工资的，只是那个张姓老师所负责的工作，听起来有面子一些。

"兵"认为妹不该理直气壮地接受张姓老师的那份工作，妹就跟她的"兵"说，其实我们两人都挺委屈的，你觉得你委屈，我还觉得我委屈呢，我一个站讲台的老师，到这里来，就干这样的活，我不委屈吗？其实我们两个人都不容易，就不要窝里斗了。妹是一个善于团结同志的人，并且不仅表现在语言的劝导上，而且身体力行地表现她的宽以待人。她的"兵"肥胖，有180多斤，在炎热天气里行动更加迟缓、笨拙，每每一点动作便大汗淋漓，妹便将每天需要用的纸张一箱一箱地抬来，帮她摆放到最顺手的地方，减少她的工作量，并和她一起分印、装订，"兵"还是没有减少她的不满。但是妹说，至少她们今天回家还是一起走的。

就在混乱的时候，妹又让我回到她的话题中，于是我又问道，景元呢，妹说，在家，一到周末就不送他去学前班了。因为妹夫和她都没有时间去接孩子回家。我说，今后一到这个时候，你该给你们领导申请支援才对。妹说，今天派来了三个人来支援我们了。那你还没有吃饭吧？我说。是呀，还早，安智要9点才回家呢。安智是我妹嫁人后仅见过一面的妹夫，此时还在系里面办的一家动物医院忙活着。我一看时间，都7点了，怎么还早呢？妹打断我：姐，你给我寄500块钱来！她这才说到正题上。我快热死了，我得马上出去买两个风扇回来。多少度啊？37℃。是热！我听了都出汗。我们这个月还了系里3000块钱，她解释说，那3000块钱是安智回家过年的时候向系里借的。我不要你的钱。我会还给你的。你在说什么呀？我的心头一酸，说我明天就给她办。

　　她在诉说的时候，我的思维又开始出现混乱。妹和妹夫原先在广东某城市的农校教书，近几年来，生源日渐萎缩，生存前途暗淡。妹相信知识改变命运，于是经过百般的焦虑和无奈后，坚决地把夫君送去读博士，并且是自费。可以想象，妹一边要工作、照顾孩子，一边还要为老公支付昂贵的学费。到最后把自己住的房子都变卖了供老公读书。在几年艰苦的岁月里，受尽了别人的嫉妒、排斥、欺凌和骚扰。

　　我为她的决绝、坚韧而感动，也为生活和命运压在小人物身上的残酷而惊心。他们到现在没有一分钱的存款。妹夫是贵州大山里的少数民族，从小没有爹娘，由家兄供他读书，养育成人。就连他在大学最后两年的学费，都赖我的父母接济。参加工作后，他们的微薄收入也悉数寄给贵州的亲人，不是父母的坟墓要修整，就是家里急用钱买牲畜。在生活和责任的重压下，他们必须靠自己的奋斗去改变命运。有一次，妹夫为了能春节回家和妹妹团聚，又没有更多的钱买火车卧铺票，竟然一张站票从北京站着回到广州。那一次，妹电话来说的时候，我想她的心已结了痂，我却在这头心疼得唏嘘不已。

　　她在那头急急忙忙要出门，于是我听见我说道，你赶紧去买风扇吧，我明天就去办。于是便挂了。

　　这么一来，我无法平静，想着不久就要告假带孩子去看我的妹，她在广东孤苦伶仃一个人带着孩子的时候，我都没能去看过她。想着不久我们便要挤在不大的房间里，吹着风扇度过难熬的暑热，想着我们简朴但一定快乐的时光，于是便去书房找出曾经写给她的诗来读，以抚平我奔涌的思念。我想，她能听到。

妹妹翻过山岗

怀揣心事

远离故乡

火红的风衣是她唯一的嫁妆

妹妹不说话

只把一条叫作安宁的河紧紧地

握着

从西牵到东

欲言又止

星星点点的教室是她的庄稼田

妹妹火红的身影

是一支燃烧的蜡烛

点亮幼苗的眼

点亮庄稼的根

妹妹走过的地方

田间地头山坡

桃花灿烂

青苗茁壮

三

　　20 世纪 90 年代，一个朋友去了新疆，从库尔勒捎来一纸长信，激情四溢地述说：新疆是属于男人的，而且是凡·高老爹那样的男性。它足以使每个艺术家疯狂。你来吗？如果你要在这里写生，那你必须在画布上画上太阳，画上月亮，画出风，画出浩大的草原和无边无际的戈壁与沙洲……

　　我没有听从他的召唤，那时的我是那样弱小，我还不知道行走的全部意义，也没有行走的全部勇气。因此，我没有画出扫帚一样强劲浩大的风，也不可能画出火苗般的树、旋转的星光和红月亮。

　　在我后来的诗歌文本《关于画》中，我写道：我的土布的短裙/在水粉颜料中/开出了一朵/单瓣的花/却不能呈现/不能呈现……

　　撩也撩不开淡色的/画幕/我的笔/在没有作画之前/在土罐立体之前/破碎过走不尽/的夏夜/析出伤感的晶体/这银色的波纹/水一般疼痛……

　　十几年后的夜里，也就是今天，他突然从成都的家中打来电话，问我还在画吗，还在写吗？隔着时间的长河，我不知如何回答，说画了吧，好像并没有画出什么名堂；说写了吧，也没有写出个所以然。问起他在新疆的生活，他也跟我一样，说得简单，是啊，三言两语，怎能概括一切？末了，他突然说，喜欢刀郎吧？我说，真没仔细听过，他说，那么听听他吧，他可以替我说出我想说的。然后也挂了。

刀郎，一个曾红透音乐排行榜的人？老实说，我是一个封闭的人，不喜欢凑热闹，尤其不喜欢群欢的热闹，关于他的歌，我只在一次因为皮肤晒伤去做治疗，在一家美容院听过他翻唱的一首歌——《告别战友》，以为没有腾格尔到位，便没有听他的兴趣了。

好吧，网上找到刀郎所有的歌，于是，我始料不及地与刀郎在错误的时间相遇了，并被第一个音符没收了耳朵。

往事和心事宛如草原长调席卷而来，伴随着低回与咀嚼。

什么样的情绪漫漶成了迷魅，伤感吗？"那夜我喝醉了，拉着你的手/胡乱地说话"——不全是。当我翻阅那些被岁月浸泡过的断章时，只觉得自负次第远去，青春悄然生硬。漂泊吗？"流浪的人你是否来自伊犁/你可曾看见过阿瓦尔古丽"——不全是。少年英雄江湖老。那些精神游离的日子，四海皆兄弟千里奔波为一聚的豪迈，以及那些成蝶化蝶的记忆，梦凤化凰的青春理想，已蜕变成今昔的欲说还休的感慨。浪漫吗？"你是我的爱人/像百合花一样的清纯……"是的，至今都忘不了 20 岁那年写的《光阴的故事》，小说中那个情人像启明星那般孤独和明亮，像父亲那般深沉，耶稣那般慈爱和博大。没有人与你一道去完成爱情理想。真有谁坚守兰草和百合花般的清纯呢？在美女和宝贝的性感和妖娆中，清纯，只不过是披着怜香惜玉外衣下的叶公好龙罢了。

现在，我全力捕捉的是吉他和弦下的减速表达。

"2002 年的第一场雪/比以往时候来得更晚一些/停靠在八楼的二路汽车/带走了最后一片飘落的黄叶"……内在的波普氛围的语境悬置了对底层世界的直接抵达，太多的具象文字属性的唠叨过多地逗留于诸如疲惫、隐痛、抽空和挫折等都市文明的症候，宿命般地交织着酒吧的修辞隐喻和精神失节，露出蓝调的马脚。但曲意旷远的、率意的后现代言说仍裹挟和承载了对民间本相的能指，显得朴素而贵重。

在生存重荷让人失去耐性的流年，在不期而至的夜晚，于邂逅、重逢中倾听刀郎的歌唱，我常常走神，我发现我开始了对另一种言说方式不太确切的体认，我捕捉到的是流淌于底层的个体及无数民间艺人生命的哽咽和欢笑，是无数劳动者在阳光下，风雨中的永恒喟叹。低吟者低调存身，心灵高蹈盘旋，在尘埃中不停闪烁，任世道变迁而不改力道的平民底色。

今夜的星光、我的仰望与遥想，与接踵而至的一次次电话交织成一种难以言喻的混响，让蒙恩的耳朵与曾经钟爱的岁月友好地重逢，它让我想起了那句让我难以释怀的谚语："端庄的人道就是如水的天命！"

2006 年 6 月 30 日

凤凰树开蓝花

我相信，在我居住的这个城市的这个季节，最让人动容的莫过于凤凰花了。5月，凤凰树几乎在一夜全部盛开。满树朱丹，灿若红霞，在这个以花命名的城市里释放着最为浓艳的色彩。这是一座四面环山的城市，道路就修在山上，房屋也高高低低错落有致，凤凰树呢，也就沿江沿道路沿房前屋后生长着，也高高低低，错落有致，铺天盖地，恣意汪洋地泼洒着大红大绿的妖冶。天光下，阳光中，空气里完全被它热辣辣的气息所充斥。

单位办公楼的窗外，也有两棵开花的凤凰树，零星的纤巧的碧绿叶子点缀在鲜红绽放的花儿之间。阳光那么灿烂但却不及凤凰花来得耀眼，映红了整个天空。安静而热烈，美得让人叹息。闲暇之余，漫步树下，踩着铺满花瓣的柔软的青草地，仰望被红红绿绿凤凰花织就的天空，风吹过，不断有红色的花雨纷纷飘落，仿佛一个人的青春和梦想，在花的芳香中蒸发或消失。花开花落，许多的事情不经意间也在悄悄地改变着，生活，环境，感情，每一次改变都面临着选择，面临着考验。彼岸很远，成长的代价。有人笑了，有人哭了。得失之间，自己的青春，竟是如此热烈、如此绚烂、如此毫无保留，仿佛要把一生所有的热情都在一瞬间迸发，然后，华丽地转身。

单位就要"解散","解散"前，动了跟凤凰树拍照的心思。照片里饱满的阳光，漫天凤凰的影子以及我的微笑。在照片背后写着：6月，凤凰花开的季节。彩虹的记忆。瞬间的华美。我曾经的美好。

盛开是美丽的，凋零是圣洁的。如同这些美丽的凤凰花一样，那些青春的火焰，即使不能永远充满着激情地燃烧下去，但它在记忆里是可以永生的。情不自禁地，张开双臂，仰望着蓝天白云间那一抹抹鲜红，涅槃新生后的凤凰在振翅高飞着，我看到其羽更丰，听到其音更清……

传说由于凤凰的叶子如飞凰之羽，花若丹凤之冠，生命在燃烧中消失殆尽，来年重生绽新芽，恰似凤凰涅槃，故以凤凰为名。许多年前，我在林清玄的《少年游》中读到过它："想起凤凰花，遂想起平生未尽的志事；想起凤凰花，遂想起非梧不栖的凤凰。凤凰花何以要以凤凰的名？这样，老是教人在离绪充溢时，会幻想自己竟是高飞的凤凰，在黑夜将尽时即将展翼呢……于是凤凰花激起的不仅仅是童年成蝶化蝶的记忆，而是少年梦凤化凰的一段惜情，如火的花的印象配上轻唱的骊声，敲醒了少年的梦境，惊觉到自己既不是凤凰神鸟，也非朝阳梧桐。终于在碎梦中瞧见自己的面容，原来只是一个少年，原来只是一段惊梦。"

"若干年前来生死以赴的求知生活竟然过去，没有丝毫的痕迹，正如鸿雁过处，啼声宛然在耳，纵是啼声已断，却留下一片感人的凄楚，而那个梦凤化凰的少年，也只是像别人静静地等待分离，在日落前的山头站着，要把余阳站成夜色，只有黑夜，也只有黑夜，才能减去白日凤凰花影的红艳吧！"

落花人独立，微雨燕双飞。友人离开这座城市到外地去发展，许久没有她的消息。有一日，从消失了很久的 MSN 上面看到了她的签名：凤凰树开蓝花。

一瞬间，被她的签名惊得呆住了！凤凰树还可以开蓝花吗？如果可以，开蓝花的凤凰树又该是如何的景象！试想，满天树影里尽是千层万层的蓝紫的雾，何等的迷离，何等的凄美，何等的浪漫和忧伤啊。如果那样的花朵开在无人注意的角落里，蓝色的收敛和红色的张扬截然不同，是另一种何等令人心动的美丽啊！

抛开通常意义上的常识，凤凰花艳到了极致，就该开蓝花了。蓝得深邃、通透、安静、收敛，才是繁华落幕后的一种大美。

友人，蓝花已开在我的心底，开在心底啊，是隐隐的心情，或者祝福。那么请和我一道在月如钩的夜里仰望蓝色。再或者，走在行人如织的路上。明眸过处，蓝花盛开。

2007 年 6 月

孤单的爱情

孤单的爱情

孩子吊着点滴在病床上熟睡，我借此机会到房间外的花园里吹吹风，将焦灼的情绪一一化解、过滤。

手机振动，短信飞至。他说：我给你寄了一本书，收到了吗？里面有我的 27 首诗。

回答他：没收到。他再回复：那就是在靠近你的路上。

我望着夜空。微笑。生活中还有着一些不期而至的美好期待。比如：在炎热的夏夜，诗歌正排着长队跋山涉水向我靠近。

我不知道接着还有秋天，还有秋天的怀想。

他又发来短信：我想和你共度晚年，至少，在我死的时候，有你在身旁。我知道我的这个愿望近乎奢侈，还有点荒唐。

我没有说话，也没有心跳。我知道，一些想法，仅仅是想法而已，它根本无法与现实对接，为世界增添一个小小的童话。

恍然间电话就打过来了。电话那头他说：在做什么呢？我说：孩子病了，在医院。

他在乡村，借宿在一个叫作矮郎乡的地方。没事的时候，像这样的夜晚，他在月亮湖的水里，在苦荞麦的花上，在阿布泽乐山的积雪中，远远地看我。

而我，在灯火阑珊的城市焦灼，像一只热锅上的蚂蚁搬运着自己的生活，把生活的灯火一次次点燃，又一次次熄灭。我看见他在人世间低着头，一直把家背在自己身上。而我，一次次抬起头，把自己的名字说给风听。

他说：我已经在会理买了房子，平房，两间。我一直想着，等你退休了就到这里来，这里气候好，物价也不贵。我们可以在一起写一本书。

我笑了，忽然被他感染。感觉自己洁净的声音像个快乐的孩子。然后叹息：有晚年真好，有规划的晚年是一件多么幸福的事情。可我一直不知所终，内心无法安宁，总有一种要离开的感觉，去到哪里，要到哪里栖息？我还能不能够安然到老，能不能够在书写之后看清自己？

一切又归于宁静。这夜色，这医院中的花园，我的心中掠过一丝小小的风暴，小小的感动。比如：孤单的爱情。还有，晚年。

我的晚年被别人梦见。我是别人梦见的人。我对那个梦见我的人满怀感激和眷恋。但是，我敢肯定，他的梦境不是我的梦境。因此，我的心中满是凄凉的温柔。

我知道我还会在尘世间孤独地奔走，在亿万光年之间，在星辰和硕石之间，终于没有落脚的地方。

阿米，今晚的月亮是红色的

晚 8 点过的时候，我的彝族朋友从会理给我发来短信说：阿米（我的彝族朋友给我取的彝族名字），赶紧看啊，今晚的月亮是红色的噢。

可我打算关机的时候才看到这条短信，此时已是 10 点 40 分了，我赶紧穿了拖鞋跑上楼顶（只跑了一层楼），可是以这样的速度反应，我还是错过了看红月亮。仰头看去，只看见了层层的乌云，并没有月亮的影子，但乌云正好说明，月亮曾经来过。

没有看到月亮，却可以听到远处高楼 K 厅里传来的歌声，但没有一首是阿米现在爱听的。在楼台顶上找到早晨晒蕨菜的簸箕，用手把里面那些个蕨菜翻了翻身，把面孔深深地埋下去，可以闻到淡淡的植物的香味以及遗留在簸箕上的阳光的味道。小风吹着脚踝，掀起薄薄的纱裙的裙摆。风来得真好，一晚上可以把蕨菜吹得再干些，还可以把月亮再吹出来的，到再晚些时候，我只消躺在床头，就可以透过窗口，看到红月亮了。

羽童的国画

诗文获奖

昨日上午陈雨生先生来电话说，我的诗歌获得攀枝花市首届"索玛花"节诗文大赛奖，叫我今天自己去盐边县旅游局领奖。陈先生说话一直很干脆，说完正经事，不再有别的话，于是，我也不再多问，电话放下后，没当回事。不久，文友刘成渝来电话，说也通知他去领奖。问我去不去，我知道他言下之意，开始支支吾吾的，说是儿子明天要学跆拳道，我得陪他去道馆，另外，上次去格萨拉，回来把皮肤晒坏了，至今没有恢复，加之出远门太阳很烈，很是惧怕。其实心里是不想去领奖的。一是不知道奖项，许是得一个纪念奖什么的，大老远跑一趟不值；二是觉得很多时候这些活动，不是以文章品质来评奖项的，所以心里也不是太重视。其实就这一点，我与刘成渝的想法不谋而合，可能是大家的普遍心态吧。于是约定，明天谁去，再说。

晚上成渝又来电话时，已是三个未接。因走时忙忙慌慌，手机没带。下午特意提前请假下班为儿子做饭，7点将有一个全国英语比赛，他6点才能回家，所以必须提前做好等他，吃完后我们还得紧赶慢赶才行。比赛顺利，30分钟左右的时间他出来了，感觉良好。母子俩心情很好，一路上又有难得的小风吹着，我们决定走路回家，还买了一本近期的《国家地理》杂志，上面有介绍攀枝花的专题——《攀枝花为什么这样红》。翻了一下，对儿子说，觉得写得太差，很失望。但他应该读一读，多了解攀枝花。

成渝来电话表示不能去，但是我却必须去，因为要在广场颁奖。另外还有一个文友赵高明和我一起去。明天8点必须赶到。

昨日天气凉爽，高明好睡，过了约定的时间才来。而我差不多却在夜里2点才睡，思绪活跃，难免神经衰弱，早晨起来也极困。我和赵高明7点出发，驱车去那里不出意外的话刚好一个小时。

到那里天已小雨，而我却着一身最薄的纱裙，风一吹，我的身体不由自主地抖起来。按照以往的经验，8点准是太阳照得晃眼睛了。今天老天却跟我开起了玩笑。盼雨盼雨，没想到是叶公好龙。广场上稀稀拉拉的几个人，想买一件外衣，无奈商家还没有开门，只好决定先到旅游局去看看。一去，说明来意后，便坐上即将出发的花车一路向广场而去了。"索玛花"节的形象大使一路在花车上站着，她们着美丽的彝族服装，被冷风吹着，而我和高明却得以在车内躲着冷雨。

花车开得很慢，把盐边县城游了一遍。一路上，又上来几个人。原来是市作协主席刘成东先生，另有市作协副主席宋晓达先生，市文联女诗人杨晖，全国少数民族"骏马奖"获得者诗人沙马。杨晖上了我们的车。一路上杨晖告知说他们才从金沙滩赶来。《星星诗刊》的编辑全在那里。那里在举办一场激情漂长江的活动。得知这次诗文大赛的奖次全是由《星星诗刊》的编辑来进行评选的，是权威和公正的结果。得知杨晖是诗歌一等奖的得主，当场向她表示祝贺。另外，赵高明也才说他听说他是二等奖。宋晓达获散文类一等奖。我以为我的那篇《行走格萨拉》是应该获奖的，但是，却连奖都没有评上。看来，我心里是在乎的。散文没有评上，我有点难过。

说说笑笑中不觉又来到广场了，形象大使下花车，有人来窗口催我们快下车，说是等我们了。一看，全场都是人。我们穿过人群，站在广场的中央，看到市委肖立军等各级领导已在主席台就座了。雨还在下，不大，但我和杨晖已是"雨打梨花""美丽冻人"。颁奖很快开始。最先是诗歌三等奖六名作者上场，没有我的名字，赵高明被点名上场。沙马回头对我说，下一轮肯定是我们两人上场了。我有点糊涂。也有些恍惚。我怎么能够和全国"骏马奖"得主沙马同台领奖呢。况且那首组诗《格萨拉——一首未完成的诗》是刘成东主席给我布置的作业，而我只好在一天的时间内赶写的，自己并不满意。就这么想着的时候，果然诗歌二等奖得主在念完沙马的名字后，念到了我的名字。这真是意外！

当领导给我们两人颁奖时，又有一个意外，因为给了我两个奖杯和证书，啊，那就是我的那篇散文《行走格萨拉》也同时获得了二等奖，一并颁给了我。我有些激动了。

回来后，我告诉先生，那2000块钱奖金我准备给家人买一个数码相机做纪念。其实，我在单位有一台最好的相机，那一个，他明白，是买给他的。

2005 年 5 月

酒，旁观与饮

作家洁尘在一篇《酒与旁观者》的文章中写道："我喜欢看涂有蔻的纤纤细手与微微荡漾的杯中酒和精美描画过的美人嘴唇交相辉映的景象。"

她是旁观者，她基本上不沾酒，只能沉溺于她的想象中的形式感，当然，这种形式感是入了画的。不过，如果心里汪着一汪油的话，那火焰似的酒又怎经得蔻丹与红唇轻浮的挑逗撩拨？那种境界看来是危险的。是独饮还好，是人前不露声色的自斟自饮还好，有点李清照的味道："把酒黄昏后""沉醉不知归路""浓睡不消残酒"，当然还有杜拉斯的味道："饮酒使孤独发出声响。"她说得有道理，声响，就是心灵发出的声音。李白一个人喝酒，喝着喝着觉得不过瘾，于是举杯邀明月，对影成三人。要不，孤独过了头，也就不堪了。杜拉斯晚年就成了酒鬼，经常被强制到医院戒酒，就很说明问题。

我喜欢酒，大约是因为酒有色彩、有味道、有温度、有情景、有情趣、有声音、有故事吧。酒的色彩除了传统的白、红外还有冰红、酒蓝、薄荷绿等，让人有点眼花缭乱，在我眼里，有色彩的酒都有点像玩，好看，却不正经。酒的味道就更是千姿百态了。酒的温度就有冷酒、温酒、薄酒，其中必然蕴藏有感情的温度：愁闷时"何以解忧，唯有杜康"；豪气冲天时"把酒醉滔滔，心潮逐浪高"；别离时"劝君更尽一杯酒，西出阳关无故人"；心高气傲时"五花马，千金裘，呼儿将出换美酒"。上升到哲学的历史文化意味时，"一壶浊酒喜相逢。古今多少事，都付笑谈中"。酒，的确是一种奇怪的液体，可以抒情，可以发泄，可以爱，可以恨，还可以超然物外。对酒做旁观状时，便易于沉溺于酒的形式感，比如"曲水流觞"，流杯池中豪饮作乐，诗词歌赋，好让人迷醉，不过，这样的形式，只能在古代才有了，而最典雅微妙的则是雪夜饮酒，可惜裂谷无雪，也只存在于每个冬夜的想象中。

我饮酒，自小就得到父亲的培养，可谓家风熏陶，可能好酒的父亲没有生下男儿，便把作为长女的我当成男儿对待吧，先用筷子沾了酒给我尝，到后来，便是我跟他要酒喝上一口，长大后，每当我在他身边时，他要饮酒，自然会给我倒上一小杯的。最让我难忘的是我们围着冬天的火炉就着一杯杯小酒听父亲讲他过去的岁月，讲他看过的书，讲我们共同喜欢的一件事、一个人。酒填平了我和父亲之间年龄的鸿沟，拉近了我与父亲的距离，给我无限的亲情和温暖。然真正初识酒中味，却是在乡村代课的日子。独在异乡为异客，在单调的乡村夜晚，我经常要去家访，实则是和纯朴的乡民一起，喝两杯苞谷酒打发寂寞。初饮苦辣，再饮微醺，久而久之，竟品出了一口温情和一口绵香。随着岁月流逝，饮酒无数，杯起杯落之间，还真品出了一点酒中百味。诗人洛夫说：一个人饮酒可以沉思随想，是哲学式的饮酒；两人对酌，你一杯我一杯你一句我一句的，是散文式的饮酒……我与朋友在一起饮酒更看重饮的情趣，无须人规劝，完全是一种放松自由的心情。这当然与应酬的饮是两码事。在这样的心情下，许多的话，许多的心思全部在酒中了。饮着饮着，饮到把盏畅饮直酣的境界，便是情感的归处。此生饮酒，最难忘的画面是读书时在西昌邛海边，少年不识愁滋味，为赋新词强说愁，带着酒意带着醉意看一轮金色的圆月从海上升起时，那种惊悚，那种寂静，此生不再。最酣的境界是去李白的江油，与号称江油"诗坛三剑客"之一的陈大华、薄永见喝酒话诗坛的人和事，直喝到凌晨 4 点也毫无醉意。

2006 年 10 月 23 日

怜香惜玉

怜香惜玉，说的是男人对可人的女子的同情和爱怜，于是，便成就了中国男人的经典感情。

由此说开去，我想到了人和玉的关系。

贾平凹说，玉和人是一种相互涵养的关系。我理解贾平凹话中的深意：那么有隐忍魅力的玉，必然配有内在魅力的女人——那种女人会使玉更加温润，而玉的沉静自适，亦会使佩玉的女人更加心安——她从心里认可自己。贾平凹话里还有另一层含义，如果把女人比作玉的话，那么男人和女人之间的关系也是相互涵养的关系吧。

玉在中国人眼里，有清雅的品格，它腴润而沉静，美得含蓄，像淑女隐忍于闺阁，给人幽秘的诱惑，却也心存敬重。历代的诗文里，便都有咏玉的文字。玉的物质属性在中国几千年的惜香怜玉的情怀中，淡化了，很文化。

王国维先生说："玉，欲也。"有生命才有欲望。

这恐怕是物质的玉与人的生命相通的佐证吧。所谓的生趣灵动，所谓的人玉一体，正是物质的玉与人的生命结合迸放的意境。

曹雪芹先生在心念中冒出"衔玉而生"的贾宝玉公子时，宝玉那通灵的生命是否也受到翡翠的启示呢？宝玉那"黠"又

"痴"的个性，跟一种叫"黄阳水绿"的翡翠实在太接近了。它是一切绿的中心，往深处是艳水绿，往浅处是淡水绿，艳处便是千人宠万人爱的怡红公子，淡处就是痴情不就，泪洒潇湘的情弃孤儿。

而黛玉，简直就是与一种被喻为"情人的影子"的墨玉如出一辙。墨玉是一种绿得发黑的高翠，肉眼看不出真相，只有透过强光才能领略到那幽冷深重的生命之绿。黛玉含蓄而内敛，悲绝孤高的性格，与墨玉性格是一致的，在缺少爱的光芒、爱的关注时，她只有凝重沉默。在一句"这个妹妹我曾见过的"的今生奇缘中，散发着醉人的情窦之美。

老人说，玉要戴，经常戴的玉，才是"活玉"，玉与人的肌肤气息犹如鱼之于清水；老人还说，适合戴玉的人，玉会越戴越有光泽，有灵气，那么，什么是适合呢？

应该是缘分吧。

电视剧《玉碎》中，杀手欲把佩戴过的玉还给送他的怀玉姑娘，怀玉姑娘对杀手赵大器说："你戴上了它，它便在你的气息中温润，与你的血脉呼吸时刻相伴，与你的体温汗液朝夕融合，你的情意、你的气质、你的喜怒哀乐，全沁在里面了……你已经有了一份牵挂……"

杀手为营救怀玉而被捕，在深仇大恨未报却赴死而去时，原想无牵无挂的杀手转过身来——我以为他会面向怀玉悔断了肠子，说，你害了我！——却掏出胸口上的那块玉对怀玉说了声："我有了它！"便决绝而去。杀手与一块玉之间的缘分是如此荡气回肠！

有一年去极边之地腾冲，为先生购得一块玉观音回来，执意要让他佩戴。从来没有任何佩戴金银珠宝经验的一介书生佩戴起玉来，也很是不习惯，戴了两天便又取下来了。这年回家探亲出远门，为了祈愿平安，我又给他戴上了，然而，就在我们去给亲人扫墓归来的途中，那块玉不见了，只有一根红绳惊悚地挂在他的颈上。

再寻，已是不可能的了。山径上野草丛生。玉的不翼而飞让他困惑和沮丧。于是我便给他讲了这样一件事。有一个姑娘不小心把珍爱的翡翠手镯给摔碎了，去问一位识玉的老者，老者安详地答曰："此玉在替人受过。玉碎则人全，若玉不碎，那才是凶兆。"命定如此。姑娘释然。生命不能承受之重，只好在玉碎的瞬间卸去。

玉说，大舍即大得。生命亦如此吧。

我们去扫的墓，长眠在地下的，一位是他的 78 岁高龄的爷爷，在我们成家后将他接到我们所在的城市生活了半年之久后辞世的；另一位则是他英年早逝的年仅 19 岁的小弟弟，在长江的货轮上工作时不幸失足身亡。

我对他说，许是你最爱的两个人见着了这块玉喜欢拿走了吧。他听后亦释然。

作家洁尘在一篇《玉》的随笔中说：一直迷玉，却一直没有玉。上珠宝店，逛文物市场，常常有机会看到玉，但从来没有下决心买。一是觉得自己不温婉，不是戴玉的人，再说是怕丢玉。我认定自己是个丢不了钱包却一定会丢玉的人……丢玉是一件可怕的事情，像宝玉，玉丢了，魂也丢了。

她迷玉，却忍受不了丢玉的惊怵。而支撑她口是心非的另一种说法则是，她说："迷玉的人好像都是男人，女人不迷东西，她要迷人。"

佩玉的人大多数是女人。而且，这些佩玉的女人大多数是懂风情的女人。

作家凸凹在《惊悚之玉》的文章中写道："懂风情的女人，她是不能不迷玉的。"日本作家小海永二在《心声欲吐时》一文中也阐述了他的一个见解：女人最美的年龄，当在三十五六岁至四十三岁，只有在这个年龄，才可能具有女性特有的成熟美，因为这个年龄的经历，使女人有了相当的人生经验，有了女性的自我意识，不再被时尚所左右，也不再取媚于她人的眼光，一切凭着自己的心性。于是，举手投足间少了游离和仓皇，有了一种迷人的自信和雍容。

凸凹和小海永二言下之意便是，女人到了一定的年龄，有了从内到外的韵致，这种韵致，是真正耐人寻味的，如玉那温温润润的"手泽"，总让人缱绻不止，品着品着，魂儿便被勾走了。

而小女孩是承受不起那弯沉实与丰盈的。

她们迷的是金银、是钻戒香车与豪宅，在她们眼里，是可能挥霍的，一如她们那挥霍不尽的水一样的青春。

少女的浮艳和成熟女人的耐人寻味，被上海女作家潘向黎那篇有名的《白水青菜》的小说刻画得淋漓尽致。

"爱情和爱情之间有多么大的不同。"一个为他用黄瓜火腿奶酪三明治做出村上春树美餐，背着"挥别人生而言似乎是不错的一天"之类台词的女孩是永远也无法跟那个曾经每天用上好的排骨、金华火腿、苏北草鸡、太湖活虾、莫干山的笋、蛤蜊、蘑菇、阳澄湖的螃蟹慢火炖三四个钟头出汤，去掉材料后，做出的一罐清水白菜汤滋养过他的胃的女人相比的。

凸凹又进一步说道：迷玉的人往往是成熟的女人。是否在说，成熟的女人正好暗合了玉的品质呢？

"女人和玉相互涵养到最后，便浑然一体了——玉不再是一块石头，而是女人的一块皮肤，一方操守；女人也觉得自己有了玉命，即便被人忘在了那里，也有不变的价值"——说的便是《白水青菜》中隐藏的思想吧？

蒹葭

蒹葭苍苍，
白露为霜。
所谓伊人，
在水一方。
溯洄从之，
道阻且长。

道路阻且长，说的应该是心路吧。

前天，他在信中说：总是夜深人静的时候想起你……每天像猪一样吃睡，好久没有这样看月亮了，今晚的你在看月亮吗？

写信的人，是她相恋过的那个人。

这是怎样的一个萧瑟清秋呢？清晨，白露为霜的清晨，一个人站在四面环水的芦苇荡，想起了另一个人，思念，无法抑制的思念，霜降一般地涌上来，紧紧地将他覆盖。深渊。迷离。恍惚。闭上双眼，河之对岸布满那人的影子，长发飘飘，裙袂翻飞。多么想溯游从之。该如何追去？往事一幕又一幕，芦苇一样地拂过荒凉的心。

他和她分别后，他在离她所在的城市并不远的一个县城的乡村小学教书，过着清贫的生活。她知道他所在的位置，而他，却是十多年后，才辗转知道她藏在什么地方。

他们原本很相爱。可是，他是黑彝，她是汉人。按照他们家族的规矩，他是不能够娶她为妻的。只是，她并不知道。那一年，他比她早一年离校。在为他送行的那天晚上，他的举止告诉她，他们之间的一切结束了。

他对她说："你知道吗？其实你并不漂亮！"说这句话的时候，语言的恶毒，使他脸上浮起的那丝笑容显得十分痞气和陋俗。

他看见，月亮下面的她，双眼是怎样慢慢地盈满纯洁的眼泪。

他知道，这句话可以击败所有的女孩子，也包括她。

果不其然，在他走后的十几年里，她再也没有去找过他，或给他只言片语。

有一年，为了生计，他途经她所在的城市，几个热爱写作但从未谋面的朋友接待了他。他送给他们每人一本自己近期出版的诗集。

他留下了一本，他想把它送给一个人，一个他一直想着的人。虽然在这个人海茫茫的城市要找到这个人无疑是大海捞针，但是就在那一天，他突然意识到通过眼前的这些人，一定能够找到她。

在饭局就要结束的时候，在剧烈的心跳声中，他听见了自己的声音：许多年前，有一个女子，为了生活，来到了这个城市……

他的话还没有说完，面面相觑的在座中有一位老者突然叫道，我知道你说的人是谁了！

于是，他连忙拨通了她的电话。老者的威望和他们之间的友情使她在不大一会儿的时间就从城市的某一个地方赶来了。

相隔十多年后，他和她见面了！

那一夜，月亮很好。他和她来到这个城市一个有名的休闲广场，那儿有山有水，是一个适合谈情说爱的地方。

花前月下，一直无语的她开口的第一句话却是这样的："我从没有想过我今生还要见到你！"她的话很尖刻。虽然此前他就有过这样的思想准备，可是，当这句话从她的嘴里说出来的时候，他的心还是被什么硌了一下，感觉到隐隐的痛。

他就那么久久地，深深地看着她，突然笑了，说："你还是那么丑！"于是，她也笑了。

他坐在石凳上，掏出一支叶子烟，吧嗒地抽着。他说，这是自家种的。此时，他已是两个孩子的父亲，同时，还抚养着他死去的哥哥的孩子。

他说，妈妈和哥哥还是自杀了。妈妈喝了敌敌畏，哥哥跳了水库。十多年前，他的妈妈对他说，他要是娶了汉族姑娘，她就会死给他看。他娶了寨子里的本族姑娘，可他们还是死了。他说，早知道他们早晚要走这样一条路，还不如早走了好！

啊，他们的生和死是那样惊心动魄，充满了宗教的神秘！他的话是如此惊心动魄！他心里的绝望也是如此惊心动魄！

那一夜，他说，他还想喝酒，于是，她在路边为他买了一瓶啤酒，因为就要坐火车去另一个城市，只好就在路边喝了。清贫快要把他压垮了，他需要钱，他需要把他手上几吨重的山里的药材销往某个城市，找到接收它们的买主。他要启程了，他不知道他们是否还能再见，因为她没有对他说再见。他想，她嫁人了，是的，嫁人了。她知道她该说什么，不该说什么。

许多年前，他和她同时登上诗坛。可是许多年前，顾城杀了谢烨。他也"杀"了她。

其实，她一直在等着他出现。她的《我的诗事——1988》一直未动笔。可是当他出现后，那篇文章不着一笔，似乎就杀青了。

有一天，她在《诗经》里读到这样一首诗《江汜》："之子归，不我以。"说的是心里爱的那个人，终于嫁人了，她再也不要我了。除了忧虑，我还能怎么办？——"不我过，其啸也歌！"

竟到了长啸悲愤的地步，一颗心该是伤得太深，被负得太狠了。

她想，女人对男人最狠的一招，怕就是嫁人——嫁别人，让那人长啸当歌，一辈子心念念，忘不了。

2006 年 5 月 12 日

妒 艳

近年来，对繁复艳丽的东西，无论形式还是色彩，喜爱到无以复加的地步，用"溺毙"两个字来形容我的沉陷，是再恰当不过了。

比如，今天家里刚换的一组皮质加布艺的沙发，就是热烈浓艳的大红色，皮质部分间以些许黑色的线条，将沙发的轮廓勾勒得层次分明。椅背靠垫及抱枕配合橙红色和灰黑色带来的大气稳重，恰到好处地将红色层层扩散开来，像大提琴的袅袅余音。在家私城挑选沙发的时候，一眼就看上它了，无论后来再做多少比较，心里还是只有它。只能是它。

于是热烈浓艳的气氛充满了整个房间。墙还是刚装修时的浅浅的玫紫色，色彩保持得跟 6 年前一样。落地窗帘是酽酽的奶白色，这神来的一笔，使热烈的房间有了一个温雅的过渡，让红色的沙发与棕黑的电视柜在激烈对撞中有了折中。

相比较而言，与原来的那组沙发有着较大的反差，原来那组沙发简洁明快又不失大气，图案是黑与白相间的大方块格子，格子并不是满黑或满白，以无数细小格子组成，活泼大方，现代感十分强烈。背后衬以奶白色的落地式窗帘，高大的绿色植物，感觉十二分的清爽。送走这组沙发，心中还是有点依依不舍，毕竟，它们是自己和夫君花了三天时间从昆明挑选，并经过长途运输"倒腾"回来的。

前几天，一个叫作"四十二岁人的奋斗"的博友来到我的博客后，对我说："你的博客，美丽而不张扬，漂亮得恰到好处。你的家一定也装修得很有品位。这是我猜的。"他的话，让我心里一动。想，品位还不敢说，但家中两个卧室之间有一道走廊，其墙壁上的浮雕，就是自己亲自设计，并和装修师傅一起制作的。有森林，有小木屋，还有几颗星斗，夜晚蓝色的壁灯一照，森林和星星就变成蓝色的了，很有森林童话的味道。这组浮雕正对着家的大门，一进门就能看到。记得装修的时候，到家里来铺木地板的装修工人说，这是他们见过的人家中，最有创意的构思了。

厨房隔断上的花纹，还有餐厅玻璃吊顶上的图案，都是自己设计绘制，再拿出去制作的。那些花纹、图案都很繁复，可见现在的审美是那时的审美意识的延伸。

老人说："好吃不过茶泡饭，好看不过素打扮。"素打扮，莫非就是白衣黑裙之类，或浅黄藕绿，素淡如新荷。从前喜欢这样的味道，土布长裙，素面朝天。纯棉时代的装扮，白衣冉冉，细腰堪握，然而是必得有年轻作为资本的。女人经岁月的涂抹而日渐丰盈，素淡的色彩与她的内心已两不相宜，于是华丽就有了强磁一样的吸引力。于是喜欢穿有繁复花纹但又并不张扬的旗袍，喜欢挂浓艳的景泰蓝的掐丝耳坠，喜欢披绣花的暗红色的披肩，喜欢红风衣加黑毛衣配夸张的绿色的毛衣链……

关于女人的艳丽跳跃，人们常用一个极好的词："活色生香"。这就是一个极好的泄口，女人可以从中得到许多释放。中年一到的女人，都有些美人迟暮的凋伤。作家洁尘说：同样的意境，"凋伤"就比"凋败"要好得多。王家卫《重庆森林》中，林青霞在里面扮演了一个在劫难逃的女人，杀人，然后逃，再杀人，再逃。从一个倾倒过整整一代人青春期的美神，到如今的中年憔悴杀人越货，一件束腰黑风衣被她穿得七零八落，凄凉难堪。王家卫诠释了一个美人行将凋败前夕那种拼死的全部内容。所以黑色的风衣不能穿。中国的戏剧却是满足繁复艳丽的全面要求的唯一形式，在急管繁弦中，裙服旖华，璎珞灼烁，珥铛叮咚，那份雍容华贵千娇百媚，世事悲欢汩汩地从身边流过，只等大幕徐徐闭上。这真是应了黄裳的一句话："凋伤得厉害呀!"

前世今生来世

前世今生来世，在我看来，仅仅是一个话题而已。

不过，在这个话题上，我也有过一些或浓或淡的想法。

比如对自己的前世，我就有过这样的冥想：我想我最好不要出生在一个富贵的人家，做这样人家的大小姐，除非做成李清照、蔡文姬；否则，一般情况会活得很压抑的，养在深闺人不识，见不到几个有活气的男子。等读了点闲书，日久天长，免不了要胡思乱想，到头来害了相思病也说不定。被望闻问切的中医诊断为气血不畅之类的说不清道不明的病，一边喝些汤药，吃些燕窝，一边伤春悲秋，一边在帕子上题上几句断肠的诗，洒几滴清泪，最后在丫鬟的服侍下吐血而死。倘若是林黛玉，就算是有个宝哥哥日日陪伴，芳心暗许，到头来，还不是"花谢花飞飞满天，红消香断有谁怜？闺中女儿惜春暮，愁绪满怀无释处；一朝春尽红颜老，花落人亡两不知！"

要是身边有红娘这样的丫鬟（生活秘书），碰到受过一点素质教育的张生，再加上一个有月亮的春夜，那就更不堪了。简直就是可怕。

从文化生成的角度看，有月亮的地方，不会路有冻死骨；有月亮的时候，"茅屋"也不会"为秋风所破"，当然，老舍的

《月牙儿》除外。张生撒野的激情就来自月亮，张生调情的第一句就是"月色溶溶夜"，都是月亮惹的祸啊，都怪那晚的月色太"溶溶"，才会让张生一夜之间想到了白头！月光见证了张生的流氓行径，也见证了"我"的不能自已。受过素质教育的才子张生像一个流浪歌手一样立在"我"的窗下唱道：寺庙的夜色多沉静，那花儿寂寞地开放在春风中，我静立在月下我饥渴呀，为何没有美眉来调情？而此时，春天这个缤纷的时节，正是"我"感受到生命和身世，唤起我莫名惆怅的时候：感时花溅泪，恨别鸟惊心。春风知别苦，不遣柳条青。谁家玉笛暗飞声，散入春风满洛城。寂寂春将晚，欣欣物自私。于是，对春天的理解，对生命的感怀，对时间的把握，使国相家的大小姐——大家闺秀的"我"在听到张生的"歌声"后从此走上了一条不归路。

"我"的"生活秘书"红娘，在"我"与张生"待月西厢"的整个事件中，完成了自己身份的转化——由女仆向女巫的转化，从此控制了"我"的精神，赢得了与"我"对话的心理优势和话语权。翻身农奴把歌唱。解放区的天是明朗的天。无产者失去的只是锁链，得到的却是整个世界。

一场多么可怕的闹剧。面向古寺，春暖花开。于是，古典的浪漫主义爱情在这里彻底终结。于是便有了一代代浅薄的男人，于是便有了一代代低级的女人。想到这里，不免出了一身冷汗，出生在富贵人家，简直就是给自己押了一个险韵。

我想，前世的我，应该是一个普通人家的女子，一个可以在天地间自由行走的女子。我想要的只是自由自在和温饱。我敢肯定，我的前世应该是一个采莲女、一个蚕娘或是一个绣女，离天地自然和世俗生活很近，活得自得自在，像野草野花那般烂漫。

那么我的夫君应该是一个渔夫、一个樵夫或者一个小货郎。我们穿粗布衣裳，吃粗茶淡饭，住在草舍里，我们的日子无规划无算计，活得散淡任意。我们的儿女无须背上沉重的书包去上学，更不需要去当什么秀才考什么状元，闲来我会教他们识字算账，初识账本略读通书本就打住。我们的木桌上总会有四季的山花和野果，还有嫩藕菱角和水芹。

对于来世，史铁生有一篇著名的散文叫《好运设计》，是写若是能为自己安排一生将如何如何。我看得频频点头，觉得很有意思。

他的总设计是这样的："既有博览群书并入学府深造的机缘，又有浪迹天涯独自在社会上闯荡的经历；既能在关键时刻得良师指点如有神助，又时时事事都要靠自己努力奋斗绝非平步青云；既饱尝过人情友爱的美好，又深知了世态炎凉的正常，故而能如罗曼·罗兰所说'看清了这个世界，而后爱它'。"

接着他又说："在下辈子。在来世。只要是好，咱可以设计。咱不慌不忙仔仔细细地设计一下吧。我看没理由不这样设计一下。甭灰心，也甭沮丧，真与假的说道不属于梦想和希望的范畴，还是随心所欲地来一回'好运设计'吧。"

在我再三再四地频频点头之后，突然，我发觉不对啊。人生真是细想不得，要想活得安详一点，就得模糊，省略很多。对来世有了认真的念头，对今生就会有确实的不耐。对于残疾的史铁生来说，遐想来世是一件挺自然挺辛酸的事情。在此之前，我听过或看过许多对来世的想法，令人微笑的、惊诧的、忍俊不禁的、黯然神伤的，林林总总。我尊敬所有冥想来世的人，正如我尊敬我所有的心灵不安的时期。

对于前世的冥想，可以漫无边际，随心所欲，然而对于今生，却是一个沉重的话题。"我并不比湖中高声大笑的潜水鸟更孤独，我并不比瓦尔登湖更寂寞！"于是便想着怎样绕开了去。而今生恰恰是无法绕得开的。因为我已认可我今生的所有角色，只是想将这些角色担当得更好一点。今生叫我懂得了一部分生命的秘密，我已怀有无限的敬畏之心；今生已向我呈现了它真实的清寒和凄美，我以洁净晶莹端庄安详的泪水接受了它。

如果真有来世，我还是愿意照着今生的图案来再描一次。因为，只有这样，我才可以继续做我父母的乖乖女，才可以继续我与儿子的母子情，才可以在一棵开花的树下等着你！

然而，"她劝我从容相爱，如叶生树梢""她劝我从容生活，如草生堤堰"（叶芝《走过黄柳园》）。

她就是今生。

2007 年春节

云中谁寄锦书来

一

爸爸给我发来电子邮件，如下：

我叫你把我的外孙的照片发给我，可是，你发给我的是一大群娃娃。哪一个是我的外孙？我简直蒙了。一个一个地找，一个一个地看，个个都乖，个个都像。

哪一个是我的畅畅呢？是你告诉我，还是让畅畅自己告诉我？

当然是让小家伙自己去告诉他外公了。他在电话中告诉他外公说，我嘛，就是第一排最右边的第一个了。

我又在电脑中给爸爸写信说：爸爸，妈妈，请你们到攀枝花来跟我们一起过年，一家人团聚吧。

爸爸又回信说：倒是很想来啊，可是不可以来啊，家里的小猫小狗，我们走了，没人照看。

我伤心地说：唉，我和你外孙连一只小猫小狗都不如了。

每年快到过年的时候，我都会难过一阵，这样的对话，也不知有好几年了，他们来不了，而我也回不去。

二

她打来电话，并没有自报家门，语气却显出与我之间非同一般的稔熟，于是电话这端的我一边言不由衷地应付着，一边飞快地在脑海中搜寻着可能的名字。恰到好处，就在快要撑不下去的时候，嘴里却一下子叫出了她的名字。

她在那端犹如鬼使神差，早把我的肠肠肚肚看了个一清二楚，吐出话来说：才想起我是谁呀！她不咸不淡地与我聊了半天，奇怪的是，我和她已经一两年没有通过电话了，然而双方却很少在电话谈到自己的境况，聊不到两三句，话题自然就到孩子那儿去了，是怎么拐的弯，说到什么的时候转的弯，已无法追究了，想追究也是我此时的心情。在当时，我们都不由自主地将真实的自己掩藏起来，将慈母和良妻的形象充分展示给对方，有意无意地将自己的愁绪、凋伤掩蔽在一个个相夫教子的愉快的话题中。可笑的是，末了，还意犹未尽的样子。

快要挂断的时候，她突然说：你给我一个地址，我这里有一张贺卡，我给你寄去。

几天后，我收到了她的贺卡，上面的墨迹，除了我的地址和名字外，没有多的一个字。

我没有更多地感觉到惊诧，也没有因为等待的美丽之至而后的失望；相反，却拾掇到了从现在起，我们已经开始苍老的人生，一种从容、沉稳、温婉和心如止水。心里反而踏实了。

书信这样美丽的形式，只属于 20 世纪 80 年代的我们。她在 20 世纪 80 年代写给我的上百封书信，至今仍一封不少地存放在我的书柜里，尽管我辗转过许多地方，搬过好几次家。我想，我写给她的回信，也应不相上下地有上百封，它们可能是我一生中对一个人写过的最多的书信了。这么多年来，我从未向她打听过它们的下落。给了别人的东西，就是别人的了，哪怕那是你的手迹。或者是一颗心。

我也从未试图打开和阅读过它们。哪怕是一次次地清理书柜。尽管它们在那里，在我每每可以目及的时候，每一封都是沉甸甸的好几页，却被我不着痕迹地在心里封尘了，埋藏了。因为，我怕打开它们的时候，我会百感交集、怅然若失；我会泪流满面，心生痛意。她16岁离家参加工作，我19岁去山村当教师。那些刺着心的熟悉的字眼，是我们不愿再回首的青春的怨怅。

如今，我，以及我们，已经没有了描写、抒情和倾诉的能力，丧失了书信的心情。我也写信，但大都是这样的："来稿收到，十分感谢。希望继续支持……"或者："寄去两篇文章，看合不合适您用？顺祝夏祺！""攀枝花的天气还好，天天阳光照耀……"这是信吗？这根本就是便条！

或许，这个世界太过张扬，是需要害羞的时候了。我们已在不安全处找到了安全，那就是掩藏自己。

2007 年 2 月 5 日

这条路坎坷又漫长

　　思想若是零碎的，文字就不成篇幅；灵感降落在心里，就像月亮的影子投在井里，都是没有痕迹的。要我拿什么来诉说生活带给心灵的震颤呢？那些零碎或完整的片段，那些温柔或豪放的文字，那些川流不息或者渐行渐远的脚步？

　　于是，我想到了 13 年前我离开的那块土地。那个叫作凉山的地方，是我的第二故乡。我的童年、我的成长、我的思想和我的血液中浸染了太多的凉山文化的因子，那块古老的具有浓郁民族风情的土地上产生的文化，尤其是代表凉山文化的彝族传统文学，都是以悲壮、悲哀和忧郁见长。在她苍凉的民歌中渐渐长大的我，气质也在不知不觉中打上了忧郁的烙印。就在我离开它之后，仍然长久地沉浸在它的历史和现实之中，我对她有着希望，也有着失望。但希望大于失望。一直以来，我对它怀着难以言诉的离情，我一直想表现它，我的故土情结和我的个人感觉。诗歌也行，散文也行。有记忆力的成长是艰辛的、疼痛的，但同时又是深刻的。我在等待。而等待又是何其的漫长……

于是，我又一次站在高大的书架前，盯着那些熟悉的书籍。那些书架上的书，我觉得并不是书，那是张爱玲的苍凉和细腻，是陈染的机警和叛逆，是残雪的极端和纯粹，是霍达的深刻和忧伤，是周涛的奔放和大气，是虹影的平静和隐忍，是路也的炽热和淳朴，是海男的不息的灵魂探索与语言的神秘，是刘亮程的沉重和对生命不停拷问……我听到了潮水的声音，大鸟的翅膀载着轻盈的雪花划过天空，海浪环抱着暗礁，灯塔的光芒穿过潮湿的雨季……他们都是那样文风卓然，自成一家，我自愧没有他们这样大气华丽的笔触，只有一汪含在心里流也流不出的泪水和一个自己都说不清道不明的梦想。

一窗昏晓送走了流年。

终于，2006 年 4 月的一天，我踏上了一块叫作格萨拉的土地。在这块土地上，我寻找到了我一直想要言说的东西，故土情结、民族风情、人生感怀等元素交织在一起，我终于找到情感的突破口："我在温暖的季节来到岩口高原，一个叫作格萨拉的地方。这次到高原，只知道大概的方向，没有行走的目的，于是，这短暂的游走便有了些寻觅和漂泊的意味。"

是啊，这么多年来，我觉得自己一直在路上，孤独地一人行走在路上，我苦苦寻觅的东西其实早已幻化为一种意象、一个记忆中的符号或者说是一种解不开化不掉的情结。因为等待得太久，饱满的情感便随着笔端汩汩而过，一决千里；因为思索得太久，跳动的情绪便挣脱技术的束缚变得无比轻灵。

在书写的前进中，我找到了话语的陌生感，让无知无觉的语言脆出清响。我更力求这些语言如深涧泉水，了无杂痕；似空谷幽兰，标格卓然。于是，一些美感丛生，语言质地能表达出复杂含义的文字便呼之而出:"我看到春天滚滚而来,它是我今生见过的最庞大的季节……"

我找到了我多年来心灵的苍凉和忧郁的原因所在:"我在春天穿行,我已预感到那是一场绝望的花开花谢,与锦衣夜行的月一起,在奔赴一个未知的结局。我知道前方有它。它却不知道身后有我。失去它,我的行走就变得漫无目的。而追寻它,我的一举一动却仿佛是被谁在暗中操纵,牵制,摆弄。对于我,它辽阔得像世界,重要得如同人生意义,神秘得仿佛不可捉摸的命运……"

在寻觅中,我的心跳不再狂乱,我的脚步不恓惶,我陷入了深阔的宁静:"我脚步踏过的花枝千姿百态,我身影穿过的光影斑驳迷离,线条细微的颤动,色彩微粒在光中互相碰撞,光和影奇异地组合到一起,在浩瀚的天宇下轻轻摇荡。我发现,我前行的姿态让我陷入了一个寂静的世界,在这个寂静的世界中,我得以听到脚下生机勃勃的大地的成长与死亡,繁荣与衰败,升起与陨落,精致与粗犷,宁静与喧闹,单纯与繁复,纤细与宏大……"

我希望创造的意象是陌生的:"在格萨拉,我管所有的彝家女子叫索玛。女子还是少女的时候,就叫索玛阿依;女人成熟透了的时候,就叫索玛阿格;女人老去的时候,就叫索玛格泽……"

同时,我又不知不觉地回到了起点,就像高原上的风,带着骨感的苍凉和悲叹"……索玛在山洼牧羊,索玛在泉水旁洗洋芋,索玛在草地上割野山萸……索玛在高原上生儿育女,生了女儿仍是索玛。格萨拉在高原上,就像云在天上。索玛在高原上走着,就像云在天上飘。"结尾处戛然而止。与其说是完成了对格萨拉这块土地的一唱三叹，不如说是完成了对记忆中的一块土地及这块土地上女人命运的一唱三叹。

老师说，写作有三种境界：一种是线条式的写作，一种是图画式的写作，第三种是建筑式的写作。究竟怎样才能写出建筑式的作品？是立体的，是结构复杂的，还是气势恢宏的？我只知道，写作其实是在创造生命。在我日渐浓厚的散文写作中，我只想以自己的方式，给散文写作带来无限的幸福和疼。

这样理解的话，这条路坎坷且漫长。

后　记

　　《梦着的蝴蝶》共收录了40篇散文，2002年以后写得较多，大部分都已在报刊发表，有的作品如《行走格萨拉》获四川省报纸副刊好作品一等奖、攀枝花市首届索玛花节诗文大赛二等奖，《忆我的老师沙鸥》获四川省报纸副刊好作品三等奖，《在钢铁中生活》在《攀钢日报》连载一个月，并获《攀钢日报》副刊好作品一等奖。我以为《在钢铁中生活》是我进步比较大的一篇作品。我生活在攀钢，生活在这样一个钢铁的热土上，却没有过真正有力量的表达，我想努力表达的是真正文学意义上的钢铁，而不是宣传意义上的钢铁，这是我创作这篇散文的动力所在。《攀钢日报》是这样评价这篇散文的：《在钢铁中生活》是近年来鲜见的一篇体现企业和地域特点、解读人与钢铁关系的作品，作者从女性的角度打量钢铁家园，让钢铁与人相互参照，让人性的温情突破钢铁的冷硬升华出昂扬向上的生命乐章，对同类题材创作的深度与广度进行了有益的探索和创新，读后给人以深刻的感动与反思。

　　《梦着的蝴蝶》收录的文章大致有两类：一类是以短章为主的散文诗，这些散文诗中的部分篇章，已发表在国家重点期刊

《散文诗》上；另一类是叙事散文。傅菲说："散文不仅是个人的心灵史，还是一个作家的观察史和生活史。"在第二辑《落花的夜》中，有三篇作品是我的重头作品，每篇都有上万字。我将它们献给我生命的不同阶段，它们是我生命中的秘结，也是我的生活场。那些篇章有着我对散文书写方式的艺术追求，我希望它们呈现的面貌和质地与众不同，具有独特的个性色彩。它们有思考、有记录，有人性的深刻和历史的在场。我记录下它们，只想做一个时光的忠实在场者，也只把它献给那些在时间之谜中得到过真理或触摸过历史的朋友。

有的朋友没有读过我的散文，但听说我把一篇散文写到上万字，便摇着头说："写得太长，没有人会愿意看。"我跟他解释说：现在的散文和传统的散文已经有非常大的区别。史铁生的名篇《我与地坛》就是一篇万字散文啊。传统的阅读告诉我们，散文要有非常好的主题，文字要优美，结构要严谨，段落的过渡要自然，文章要给人以启发。其实，这些都是极其简单的散文：一事一议、一篇一个主题，是简单的线性发展。我觉得，现在的优秀散文，早把这些框框打破了——发展有起伏，呈抛物线；无主题或多主题；在题材上很多禁区被打破，那种只为某个主题服务的东西渐渐淡化了，或消失了；文字篇幅不再局限于精短，散文也可以像小说一样单篇写成十几万字。对于散文创作，理解因人而异。我是这样理解的：世界上许多伟大的作家，不是因为他创作了多么激动人心的题材，而是因为他用自己细腻的心感受到了我们生活的不幸。散文以自己的眼光发现现实的意义，清点纷乱的人生，恢复那些被遮蔽的现实，并重新思考我们自身的命运。

我集子里的大部分内容都是朝着这个方向在努力。或许力不从心，或许还显得稚嫩，这些都希望能够得到读者您的理解和包容。

1986 年，我还在读高中，就开始了小说写作，写了一篇《断面》，便在《凉山文艺》（现在改为《凉山文学》）上发表。但当时我写作的最大兴趣则是诗歌练习。1988 年，我的诗歌《另一种眼神》《一扇门》在晓音主编的《女子诗报 1988》上发表，后在香港转载。在当时的历史条件下，该诗报还是非法刊物，出版非常艰难。目前，该诗报已享誉民间诗界。1989 年，诗歌《散装酒》获湖南省青年诗歌大奖赛三等奖，在 1993 年以前，《白色的歌》《散装酒》《张郎花》等入选《中国当代短诗选》（香港亚洲出版社 1992 年）、《一扇门》入选《中国青年探索·爱情诗选》（香港南洋出版社 1991 年）等多种诗歌选本。2000 年以后，写过不多的诗歌作品，发表于《星星》诗刊、《散文诗》，收录进《攀枝花诗选》。

真正意义上的散文写作，是从 2002 年开始的。在过去漫长的岁月里，我写过许多类型的文章：诗歌、散文、报告文学、文学评论，也有的作品获过奖，在一定范围内有过一定的影响。但因为工作关系，应景的文章多，真正像样的作品少，我以为这是我写作的失败。因为没有太专一的写作，就没有最纯正的作品，这是我后来准备对自己的写作进行一次梳理时才开始面临的困惑。

我鼓起勇气告诉自己：我写作是因为我一直深爱着这个世界；我写作是因为我曾经生活在凉山州一个叫冕宁的小县城，那里有许多汉人，也有许多彝人，我承受过两种文化的冲突，但我只学会一种语言就离开了它，我离开它之后常常要在睡梦中哭醒；我写作是因为我害羞却又渴望表达；我写作是因为在20世纪80年代末期我结识了许多优秀的诗人；我写作是因为我的忧伤超过了我的欢乐；我写作是因为在很小的时候，我就意识到了死亡的神秘，我相信，人死了将安息在土地和天空之间，所以我的文字就是我给土地和天空递交的名片。

《梦着的蝴蝶》即将面世，书中的插图是我在业余时间的信手涂鸦。真诚地希望朋友和行家赐教。